Touche-à-tout, Louis Gardel s'est illustré en tant que romancier avec *L'Été fracassé* en 1973, *Fort Saganne* en 1980 qui a reçu le Grand Prix du roman de l'Académie française, et plus récemment avec *La Baie d'Alger*; en tant que scénariste avec *Indochine* et *Est-Ouest* de Régis Wargnier, et *Nocturne indien* d'Alain Corneau. Il est membre du Conseil supérieur de la Langue française, conseiller aux éditions du Seuil et également éditeur.

DU MÊME AUTEUR

L'Été fracassé
Seuil, 1973

Le Couteau de chaleur
Seuil, 1976

Fort Saganne
Seuil, 1980
Grand Prix du roman de l'Académie française
et « Points », n° P349

Notre homme
Seuil, 1986
et « Points », n° P28

Le Beau Rôle
Seuil, 1989
et « Points Roman », n° P407

Dar Baroud
Seuil, 1993
et « Points », n° P52
réédité sous le titre La Maison du guerrier,
Dar Baroud, *en 2007*

L'Aurore des bien-aimés
Seuil, 1997
et « Points », n°P546

Grand Seigneur
Seuil, 1998
et « Points », n° P774

Louis Gardel

LA BAIE D'ALGER

ROMAN

Éditions du Seuil

TEXTE INTÉGRAL

ISBN 978-2-7578-1155-9
(ISBN 978-2-02-034889-8, 1re publication poche)

© Éditions du Seuil, août 2007

Le Code de la propriété intellectuelle interdit les copies ou reproductions destinées à une utilisation collective. Toute représentation ou reproduction intégrale ou partielle faite par quelque procédé que ce soit, sans le consentement de l'auteur ou de ses ayants cause, est illicite et constitue une contrefaçon sanctionnée par les articles L.335-2 et suivants du Code de la propriété intellectuelle.

C'est fini. Je l'ai pensé avec ces mots que j'ai articulés à haute voix, comme le constat d'une chose certaine, jusqu'alors impensable et soudain évidente. C'était un soir, au début de l'année 1955, j'avais quinze ans. Je me souviens aussi que j'écoutais une musique à grands effets de cuivre, une musique brutale dont j'avais l'impression qu'elle m'emportait, réduisant mes soucis ordinaires à des enfantillages. Debout sur le balcon de ma grand-mère, je regardais la baie d'Alger. « C'est fini… L'Algérie, c'est fini. »

Quand j'étais petit, ma grand-mère, que j'appelais encore Mamie et que j'ai appelée Zoé dès qu'elle m'a appris qu'elle avait été baptisée sous ce prénom rigolo, me soulevait dans ses bras au-dessus de la balustrade en ciment :

– Regarde ! Regarde ! C'est la plus belle baie du monde ! On a de la chance !

La nuit vient. Des lumières s'allument sur le port et dans la ville. Derrière moi, dans le salon, l'électrophone Teppaz joue la symphonie de Chostakovitch qui figure au programme du concert auquel j'assisterai tout à l'heure. J'ai acheté le disque pour m'y préparer. En lisant le texte au dos de la jaquette, j'ai appris que Chostakovitch est un compositeur soviétique qui trouve son inspiration dans les bouleversements de l'histoire. Le paysage familier qui m'entoure devient, sous mes yeux, le décor d'une tragédie. Un jour, le rideau tombera, tout sera démonté. Ce que j'aime et à quoi je suis attaché ne pèse rien. Mon goût du bonheur est une connerie. La réalité, c'est la violence. «C'est fini.» Ça mettra le temps que ça mettra mais l'issue est fatale. Je contracte les muscles de mes mâchoires : un garçon ne pleure pas. Je pleure quand même.

Le phare de Cap-Matifou commence à tourner. Le rayon de clarté balaie la mer, s'éparpille vers le large, se perd, s'efface. Après cinq secondes, il reparaît. Cette giration régulière devrait m'apaiser. C'est l'inverse. Je la perçois comme le mouvement qui s'est mis en route le 1er novembre 1954 et dont je sais, debout sur le balcon de Zoé, qu'il va emporter mon pays natal. D'où me vient cette certitude ? Je l'ignore. Elle m'est entrée dans la tête sans que rien ne m'y prépare. Demain, après-demain et probablement pendant des mois et des années encore, je pourrai continuer à contempler la baie d'Alger. Près d'elle je poursuivrai ma petite existence de privilégié. J'oublierai, au jour le jour, la révélation qui vient de me frapper.

Pour me réconforter ou, en tout cas, tenter d'arrêter mes larmes, je me dis que la géographie résiste à l'histoire. La baie qui s'offre à moi s'est offerte, pendant des siècles, aux hommes qui y ont vécu, elle s'offrira à d'autres, dans les siècles futurs, quoi qu'il advienne. Cette prise de recul ne me console pas.

C'est ce soir que je dois fixer dans ma mémoire ces rives où je suis né et où je ne vivrai pas. L'espoir que je puisse y demeurer quand la loi française n'y régnera plus ne me traverse pas l'esprit.

Je croise les bras sur le balcon, j'y pose la joue. Sur ma gauche, je vois les terrasses de la Casbah où, autrefois, veillaient les pirates barbaresques, où aujourd'hui les terroristes du FLN se planquent. Au-dessus, le drapeau tricolore flotte sur la citadelle ottomane. C'est devenu une caserne et aussi, je crois, une prison pour les fellaghas. Est-ce là qu'on entassait les esclaves chrétiens au temps de la course ? Cervantès, le plus fameux d'entre eux, a-t-il connu ces murs ? Plus loin, sur les hauteurs, Notre-Dame d'Afrique, grosse meringue que Zoé, ma grand-mère au goût sûr, m'a appris à trouver aussi laide que la basilique de Montmartre ou Notre-Dame-de-la-Garde à Marseille, domine un entrelacs de ravins. Des coulées de gourbis sont accrochées aux pentes, entre les figuiers de Barbarie. Quand je tourne la tête vers la droite, je distingue les bâtiments rectangulaires, les portiques et les forums de Diar el-Maçoul – la Cité de l'Espoir – que l'architecte Pouillon a construite pour faire vivre ensemble Arabes et Français. C'est une initiative de Jacques Chevallier, maire d'Alger et ministre de Mendès France. Zoé le défend quand on le traite de libéral, c'est-à-dire, dans le vocabulaire pied-noir de l'époque, de traître. Elle le connaît, connaît sa femme. Tout le monde se connaît dans les vieilles familles coloniales.

Je me redresse pour consulter ma montre. Dans cinq minutes Zoé m'appellera.

– Mon loup, c'est l'heure !

Nous prendrons le tram jusqu'à la grande poste. Sur les escaliers de la salle Pierre-Bordes nous retrouverons André Steiger. Il me tapera sur l'épaule avec l'assurance distraite des hommes importants. Je n'existe à ses yeux que parce que je suis le petit-fils de Zoé. Omar, son chauffeur, m'embrassera avant de remonter dans la Peugeot, où il attendra jusqu'à la fin du concert celui qu'il appelle « le patron », pour le ramener à Aïn-Taya. Zoé et Dédé salueront amis et connaissances, serreront des mains, échangeront des embrassades rapides. Je me hâterai de gagner ma place et de m'asseoir pour que Michelle Léonardi ne s'aperçoive pas que je porte un pantalon court. Elle descendra la travée sans me voir : soulagement et tristesse, minuscule enfer de désir et de confusion.

J'ai cessé de pleurnicher sur mon balcon. La nouvelle que je me suis apprise à moi-même, il y a un instant, je la sais irréfutablement vraie mais, déjà, je ne l'accepte plus. Elle me dépasse. Les événements que je lis dans *L'Écho d'Alger* depuis le début de l'insurrection m'inquiètent, bien sûr. Mais je ne les ai jamais analysés, ni reliés entre eux comme les prémices d'un engrenage inéluctable. Alors ? Peut-être suis-je sensible, plus que je ne le sais consciemment, au mouvement de l'Histoire qui, partout, entraîne les peuples colonisés à se révolter contre les puissances impériales. Je n'ai pas prêté beaucoup d'attention à ce qui est arrivé au Maroc et en Tunisie, convaincu que les départements d'Algérie n'étaient pas concernés, comme on le tient pour acquis autour de moi et comme les ministres le martèlent à Paris. En revanche, j'ai été impressionné par la chute de Diên Biên Phu, dont j'ai vu des photos dans *Paris Match* : celle d'un général, en short, se rendant, bras levés, à de frêles Indochinois, celle de Geneviève de Galard, héroïque et touchante madone des soldats vaincus. Mais tout cela reste abstrait, sans rapport avec mon quotidien. Je n'ai ni les connaissances ni la capacité de raisonner qui auraient pu me permettre de prévoir, par la réflexion, la fin de l'Algérie française. La lucidité n'a pas de part dans la révélation qui m'est tombée dessus aux accents de Chostakovitch, en contemplant la baie. Je voudrais ne l'avoir jamais eue.

Je suis en slip. Depuis un an, j'ai des poils sur les jambes. Si j'étais né dans l'Antiquité, citoyen de l'Empire romain, j'aurais droit à la toge virile. Cette satisfaction est gâchée par le port de culottes courtes, à l'anglaise. Zoé a décrété qu'un garçon de mon âge en pantalon long aurait une dégaine de singe déguisé, ukase vainement combattu aussi longtemps que j'ai plaidé le ridicule – « Mes copains se foutent de moi au lycée », « Tes copains sont idiots, on ne se laisse pas influencer par des idiots » –, dont j'ai obtenu la levée immédiate quand j'ai osé dire que je ne pourrais jamais séduire une fille vêtu en puceau prolongé. L'argument a fait mouche aussitôt. Ma grand-mère place, Dieu merci, le plaisir au-dessus du bon genre.

À genoux devant moi, Mme Aboucaya fixe contre mon aine, avec l'index, le bout de son centimètre ruban, qu'elle déroule le long de ma cuisse jusqu'à la cheville. Elle s'accroupit et annonce la mesure. Son mari, coincé entre la machine à coudre et les étagères où s'entassent les coupons de tissu, répète le chiffre et l'inscrit sur un carnet à spirale.

Les Aboucaya, que Zoé pourrait, à la rigueur, appeler «mes tailleurs» mais qu'elle désigne sous le vocable de «mes culottiers», vivent et travaillent au dernier étage d'un immeuble de la rue d'Isly, dans une soupente que prolonge une verrière. Ça sent la cuisine et le textile chaud. Lui porte des lunettes épaisses comme des culs-de-bouteille, derrière lesquelles on distingue à peine ses yeux. C'est une pâte d'homme, toujours un peu transpirant, qui se meut lentement comme si sa gentillesse l'ankylosait. Elle est brune, vive, avec de gros seins et des fesses bien séparées, et qui bougent. Je sens la fraîcheur de ses doigts quand ils effleurent ma peau.

– C'est un monsieur maintenant, dit-elle, on ne peut pas les empêcher de pousser.

Elle renverse le visage pour me sourire, je penche le mien pour lui rendre son sourire. J'ai une grosse tiédeur dans le bas du ventre que je maintiens languide : travail de garçon où il s'agit d'équilibrer l'instinct sexuel, la décence et une sorte de voluptueuse patience. Zoé n'a pas prêté attention à la remarque de Mme Aboucaya. Elle est penchée sur la table où M. Aboucaya coupe les vêtements à l'aide de patrons en papier épinglés sur le tissu, d'une craie plate avec laquelle il en dessine les contours et d'un gros ciseau où il enfonce le pouce et l'index pour tailler. Elle tourne les pages d'un catalogue d'échantillons, palpant chaque languette de tissu pour en apprécier la texture et la tenue.

– En tout cas, dit-elle, pas de chiné, pas de whipcord, une flanelle, une flanelle sèche, gris moyen. Combien faudra-t-il d'essayages ?

– Deux, dit Mme Aboucaya.

– Deux, répète son mari. On ne fait jamais bien à moins de deux pour un pantalon d'homme.

Au sortir de chez ses culottiers, Zoé file sur le trottoir, m'entraînant à son rythme.

Yeux-Bleus, le loustic qui livre les légumes à notre cabanon de Surcouf, dit d'elle, en sa présence : « Madame Zoé, quand elle marche, elle court. »

Il rigole. Ma grand-mère est enchantée, autant de la jolie formule que du compliment.

Place du Gouvernement, nous sautons dans un tramway. Elle s'assoit en face d'une fatma qui tient entre ses jambes un panier d'œufs. Zoé lui demande s'ils sont frais.

– Du jour, répond la dame, je te jure, du jour !

Le souffle de ses paroles fait bouger le triangle de voile blanc qui la masque jusqu'aux yeux.

– Alors, je t'en prends une douzaine.

Mariée à dix-sept ans, veuve de guerre à dix-neuf avec deux enfants – ma mère et mon oncle Philippe –, ma grand-mère n'a pas fait d'études. Elle possède un fond de culture bourgeoise, mais trop rudimentaire pour que son goût en soit affecté. Le conventionnel n'est pas son fort. Si elle aime bien ce qui est convenable, elle préfère ce qu'elle trouve beau. « Les belles choses, ça fait du bien. » Elle a commencé mon éducation artistique quand je ne savais ni lire ni écrire. C'était à la fin de la Deuxième Guerre mondiale. Mon père, qui avait interrompu ses études pour s'engager et libérer la

France, terminait sa formation de médecin à Paris. Ma mère l'avait accompagné et gagnait leur vie comme ouvreuse de cinéma. J'étais resté sous la garde de Zoé. Le ravitaillement était difficile à Alger. Elle m'avait emmené chez sa cousine Titi, une vieille dame aux joues roses qui vivait dans une ferme près de Médéa : cinq hectares de cerisiers dans la montagne. Djelloul, le commis, m'avait dégotté au fond de l'écurie, vide de chevaux depuis longtemps, une selle craquelée, qui devait dater de la conquête. Je l'avais installée sur un muret, au-dessus du champ de cerisiers. Après la sieste, tandis que je galopais sur ma monture de pierres sèches, Zoé, assise dans un fauteuil d'osier, lisait à mon intention des poèmes d'Albert Samain. Je ne comprenais pas le sens des mots, mais leur cadence douce, mariée à celle, violente, de mes chevauchées imaginaires, m'exaltait.

Pour mon quatorzième anniversaire, Zoé, sans me demander mon avis, me prit un abonnement aux concerts de Radio-Alger. Au début, je l'accompagnais pour ne pas lui faire de peine. Je ne connaissais rien à la musique. Les concerts me barbaient. Puis, un soir, je fus empoigné. C'était une symphonie, de Schubert je crois. L'émotion nouvelle que j'éprouvai, je la projetai et la fixai sur la nuque de la jeune fille qui occupait un siège trois rangs devant nous. Entre le deuxième et le troisième mouvement, elle tourna la tête. La rampe au néon, encastrée sur le pupitre du chef d'orchestre pour lui permettre de suivre la partition dans l'obscurité, nimba son profil d'une clarté à la Rembrandt (Zoé, pour mes dix ans, m'avait offert *Les Chefs-d'œuvre de la peinture*). C'était Michelle Léonardi. Grâce à Schubert, obéissant au processus de la naissance d'une passion selon le cher Stendhal, mon auteur favori de cette époque, j'avais « cristallisé » sur Michelle Léonardi.

Elle a deux ans de plus que moi, elle est en philo au lycée Fromentin où vont les filles. Je ne la connais pas très bien, mais je la connais : son père possède une maison sur la plage de Surcouf. Elle n'y passe pas, comme nous, toutes ses vacances, mais elle y vient souvent.

Je porte pour la première fois mon pantalon d'homme. Il me gratte derrière les genoux. Dans ma chambre, avant de partir pour le concert, je me suis entraîné à marcher sans raideur.

Adossé contre une colonne à l'extrémité du parvis, je guette Michelle parmi les abonnés qui convergent vers la salle Pierre-Bordes. Je l'aperçois enfin qui arrive, vêtue d'une jupe corolle rose et, du même regard, je vois Zoé qui la dépasse. Elles s'arrêtent, s'embrassent, se parlent, et, m'ayant vu, agitent ensemble, du même geste, les mains vers moi. Mais seule ma grand-mère me rejoint. Michelle monte les marches et disparaît dans le hall.

– Cette petite est gentille comme tout... Il y a quand même un mystère, c'est sa mère. Elle n'en parle jamais et son père non plus. On a l'impression qu'elle n'a jamais existé. Même les Arabes de Surcouf ignorent ce qu'elle est devenue, même mon vieux Bouarab qui, pourtant, sait tout.

Zoé n'attend ni réponse ni commentaire. Elle observe mon pantalon d'un œil expert.

— Il tombe bien et, Dieu merci, on voit à peine qu'il est neuf. Les Aboucaya travaillent à la perfection. Dédé ferait mieux de commander ses costumes chez eux plutôt que de les faire venir de Londres. Mais ça, c'est l'influence de sa fille. Anne-Marie est snob comme un pot de chambre. Avant, Dédé s'habillait à la diable et ça lui allait beaucoup mieux.

Elle regarde sa montre :

— Qu'est-ce qu'il fait ? S'il n'est pas là dans une minute, tant pis pour lui, on entre.

Il n'y a pas plus de deux ou trois ans que je me suis rendu compte que le Dédé de ma grand-mère que je connais depuis ma naissance, bien qu'il ne m'ait jamais accordé qu'une attention lointaine, même lors de mes séjours dans sa propriété d'Aïn-Taya quand j'étais petit – je préférais ça, il me faisait peur –, que ce Dédé, donc, est la même personne que le président Steiger dont parle souvent *L'Écho d'Alger*. Que préside-t-il, d'ailleurs ? Je n'ai jamais éprouvé la curiosité de le demander. Sans doute, j'imagine, des associations de vignerons, d'agrumiers, de céréaliers, d'éleveurs, de planteurs de tomates, bref de colons.

Fier de ses ascendants alsaciens qui ont choisi de rester français en 1871, fier de son père mort au cul de sa mule alors qu'André n'avait pas seize ans, fier d'avoir fait, à la force du poignet, de son domaine d'Aïn-Taya l'un des plus grands d'Algérie, cultivé et géré au cordeau, c'est un gaillard de soixante-dix ans qui ne s'excuse pas d'exister. Zoé prétend qu'il aime sincèrement la musique et que, dans sa jeunesse, il jouait très bien du violon. Comme j'ai l'esprit rigide, malgré l'influence de ma grand-mère, j'ai du mal à croire que Dédé soit, aussi, une âme sensible. Le président Steiger artiste, ça me paraît aussi incongru que Schubert colon dans la Mitidja.

Je sais, par une confidence que sa fille Anne-Marie m'a faite en riant, quand j'avais sept ou huit ans, que Dédé a voulu épouser ma grand-mère quand elle a été veuve. Mon idée est qu'il ne l'accompagne à la salle Pierre-Bordes que parce qu'il est toujours épris d'elle. Parfois, je me demande si Zoé ne m'a pas abonné aux concerts pour éviter les commérages. Alger est une ville de province. Le président Steiger occupe dans la société une place en vue et ma grand-mère également. Quoique ruinée, sa famille est ancienne : son grand-père était maire de la ville sous le Second Empire. Pour taquiner Dédé, elle soutient parfois que cet homme qu'elle n'a pas connu mais dont elle porte le nom, et dont le portrait est accroché dans son salon, était un chaud partisan du royaume arabe, prôné par Napoléon III pour protéger les indigènes contre l'emprise coloniale. Lorsque sa cousine Suzanne, elle aussi descendante de ce maire éclairé, est présente, la conversation tourne à l'affrontement. Les opinions libérales de Suzanne exaspèrent Dédé. Il la traite d'illuminée, d'irresponsable, de folle. Suzanne réplique que c'est la faute des colons à front bas, vautrés dans leurs privilèges, comme lui, si l'Algérie est au bord du gouffre. Zoé a du mal à les calmer.

La Peugeot conduite par Omar s'arrête enfin devant les marches. Dédé en sort et, sans refermer la portière, grimpe vers nous.

— Pardon pour le retard ! De toute façon, je ne reste pas. Chevallier m'a téléphoné quand je quittais Aïn-Taya. Mendès France va nommer Jacques Soustelle gouverneur général. Nous sommes foutus !

— Pourquoi ? Qui est ce Soustelle ?

— D'abord, il ne s'appelle pas Soustelle. Soustelle, c'est le nom qu'il a pris dans la Résistance. Il est sûrement juif.

— Et alors ? demande Zoé avec un air benoît.

Ma grand-mère ne partage pas les réflexes antisémites des Européens d'Algérie, mais elle y est habituée. Ils ne la font pas sursauter.

— Alors, reprend Dédé, il fait partie de la mafia d'intellectuels cryptocommunistes que de Gaulle a couvés ! Mendès l'a nommé pour liquider l'Algérie, c'est clair ! Si tu avais entendu les phrases emberlificotées de Chevallier, tu aurais compris ! Celui-là, depuis qu'il est ministre, il est carrément passé dans le camp des bradeurs ! Quand je pense qu'on l'a soutenu pour la mairie ! Mais ça, c'est Blachette ! Je vais aller le trouver, celui-là, il va m'entendre ! Pour l'instant, je file chez Alain de Sérigny. Il m'attend. On va voir ce qu'on peut faire.

Dédé embrasse brutalement la joue de Zoé, tourne les talons, dégringole les marches et s'engouffre dans la Peugeot. Omar démarre.

Zoé est désolée d'avoir vu son vieil ami hors de lui.

— Dédé m'inquiète. Depuis les événements, il perd la boule. Un jour, à force de se mettre dans tous ses états, il fera une crise cardiaque.

Je ne manifeste rien. Mais Zoé me connaît.

– Si tu l'avais connu jeune, tu le trouverais sympathique.

La sonnette annonçant le début du concert retentit. Nous entrons. Tandis que nous descendons la travée pour gagner nos places, Zoé se retourne :

– Est-ce que tu as compris pourquoi Dédé était tellement énervé ?

Je fais de la tête un non distrait. J'ignore qui est Jacques Soustelle ; de Mendès France je sais seulement qu'il est président du Conseil et qu'il a abandonné l'Indochine ; j'ai croisé la femme de Jacques Chevallier chez ma grand-mère et Alainde Sérigny, le directeur de *L'Écho d'Alger*, chez une tante qui habite la même maison que lui, près de l'hôtel Saint-Georges. Quant à Georges Blachette contre lequel Dédé semblait particulièrement remonté, si je ne l'ai jamais vu, j'en ai bien sûr entendu parler. On l'appelle le roi de l'alfa. Il a obtenu la concession exclusive de récolte et de vente de cette plante qui pousse sur les hauts plateaux et qui sert à fabriquer le papier. C'est la première fortune d'Algérie. Pour autant, il serait prêt à des évolutions. Solal, mon camarade de lycée, m'a appris que c'est Blachette qui finance *Le Journal d'Alger*, moins à gauche qu'*Alger républicain*, organe du Parti communiste, mais plus nuancé que *L'Écho d'Alger* où s'expriment les partisans du statu quo sans concession.

Mais en ces instants ces gens m'indiffèrent, comme m'indiffèrent ce qui les oppose et les combats qui les agitent.

La lumière baisse. Les musiciens accordent leurs

instruments. Je remonte les jambes de mon pantalon pour qu'elles ne pochent pas aux genoux. Brahms m'attend et la nuque de Michelle Léonardi.

Le matin, en venant à la maison, Malika achète *L'Écho d'Alger* et nous l'apporte dans son couffin. Elle le pose sur la table en formica de la cuisine puis va à l'office enlever son voile, enfiler sa blouse et commencer le ménage.

Je suis en train de boire mon café, la tasse aux lèvres, quand, d'un œil, en biais, je vois sur le journal encore plié la photo de l'abbé Sintès. Sous la photo, deux lignes en lettres grasses indiquent qu'il a été arrêté pour avoir hébergé un fellagha. L'article précise que l'homme, blessé lors d'une opération de police mais qui avait réussi à s'enfuir, était activement recherché. On lui attribue plusieurs embuscades sur la route de Birkadem, dont l'une a coûté la vie à une assistante sociale de Belcourt qui rentrait à son domicile après son travail.

Des gouttes de café sont tombées sur le journal. Le front de l'abbé Sintès se gondole. J'ai dû baver, sous le choc de la surprise. Mes lèvres tremblent. L'importance objective de la nouvelle ne m'échappe pas : un prêtre arrêté pour aide au FLN à Alger en février

1955, c'est un événement grave. Cependant ce qui m'atteint, penché sur l'article maculé, ne relève d'aucune réflexion. C'est comme un coup que j'aurais directement reçu en pleine figure. J'ai le sentiment d'être personnellement visé, intimement trahi et publiquement bafoué.

L'abbé Sintès, aumônier du lycée Bugeaud, est – ou dois-je déjà penser «était»? – mon ami. Depuis le début de l'année scolaire, Solal et moi assistons aux réunions qu'il organise chaque vendredi soir, dans la salle qui jouxte la chapelle. Nous admirons son intelligence et sa liberté d'esprit. Son accent pataouète et ses façons de fils de maraîcher espagnol nous réconfortent. Il est un modèle, un grand frère, la preuve vivante qu'un pied-noir, tout ce qu'il y a de plus pied-noir, peut se montrer le plus brillant et le plus lumineux des hommes. Solal et moi rabattons nos camarades vers ses causeries du vendredi, qu'il refuse qu'on nomme «cours d'instruction religieuse». Fiers d'avoir été choisis comme premiers disciples, nous n'avons jamais trop prêté attention à la démagogie que déploie pour nous séduire celui que nous appelons, à sa demande, Jean-Claude. Un jour où il discourait, avec sa chaleureuse et insinuante conviction, et force gestes et expressions de Bab el-Oued, sur la présence du Mal sur terre, afin de nous convaincre à la fin, j'imagine, qu'elle ne contredisait pas l'infinie bonté de Dieu, Solal l'a interrompu. Il lui a demandé, avec un grand sourire, s'il imitait un prêcheur ou plutôt un voyou d'Alger.

– Sauf que tu te fiches de moi, a dit Jean-Claude, je ne comprends pas bien ta question.

– Eh bien, a poursuivi Solal, un prêcheur c'est, par exemple, Jésus et l'autre, le voyou d'Alger, par exemple Albert Camus. Il paraît que Jean-Paul Sartre l'appelle comme ça : le voyou d'Alger.

Jean-Claude a répliqué, en malin qui sait combien la franchise désarme les garçons de notre âge :

– Ma vocation n'est pas de faire de vous des philosophes du bonheur au ras de la peau qui se consolent de l'absurdité de la condition humaine en allant nager à Tipaza, en jouant au foot et en matant les filles. Vous n'avez pas besoin de moi pour ça. Le soleil et la mer suffisent. Mon ambition est de vous secouer les méninges pour vous faire prendre de l'altitude et vous ouvrir aux valeurs évangéliques. Et d'abord à cette parole sublime de notre Sauveur : « Tu aimeras ton prochain comme toi-même. »

Ce qui m'accable, tandis que je regarde les yeux noirs de l'abbé Sintès braqués sur moi en première page de *L'Écho d'Alger*, c'est sa duplicité. Comment a-t-il pu, vendredi dernier, nous faire son numéro de grande âme et, le soir même, donner refuge à un fellagha ? Par quel dévoiement de charité a-t-il pu cacher, soigner, traiter en frère un tueur d'innocents, qui aurait aussi bien pu, d'une rafale tirée au hasard sur la première voiture qui passait à sa portée, dézinguer, au lieu de l'assistante sociale de Belcourt, son père et sa mère, le maraîcher Sintès et son épouse, au seul motif, d'ailleurs ignoré de lui, qu'ils ont quitté Valencia et qu'ils cultivent trois hectares de tomates à Birkadem ?

Je ne me sens pas trahi seulement par l'abbé Sintès. Je me sens trahi tout court, trahi absolument.

Malika arrive avec son seau pour laver le sol de la cuisine. Surprise de me trouver encore attablé devant mon bol, elle me demande si je suis malade.

La pendule murale indique huit heures moins vingt. D'habitude, je pars à sept heures et demie. Je me lève, saisis mon cartable, claque la porte. Je dévale les escaliers, traverse la rue entre les voitures, cours pour grimper dans le tramway qui vient de quitter l'arrêt.

Debout dans sa cabine, le wattman tourne la manivelle de cuivre avec laquelle il accélère ou freine. Les perches qui aliment la machine arrachent des étincelles aux câbles électriques tendus au-dessus des rails. Les roues grincent. La sonnette, qui avertit les voitures et les passants de dégager la route, tinte. Chaque virage me projette avec les autres voyageurs en perte d'équilibre, à droite ou à gauche. Rue Michelet, rue d'Isly, place du Gouvernement où la statue équestre du Duc d'Orléans se dresse devant la grande mosquée, arcades de la rue Bab-Azoun, accroché d'une main à la poignée de cuir, je regarde ma ville défiler, empli de dégoût.

Comme chaque mardi, nous avons plein air de huit à dix heures. Les élèves des classes de première se rassemblent dans la cour, avant de partir à pied vers le terrain de sport, sous la garde de Duranton et Mélia, les deux professeurs de gymnastique qui portent les ballons dans des filets. Je rejoins Solal. Il n'a pas lu le journal, il n'est pas au courant pour l'abbé Sintès. Je lui raconte, aussi froidement que je peux, l'arrestation, le fellagha hébergé, le meurtre de l'assistante sociale sur la route de Birkadem. Il m'écoute, le visage tendu, ses sourcils noirs rapprochés, puis détourne la tête. L'arête de son nez est écrasée au milieu. Il ne m'a jamais dit si c'était un accident ou s'il était né comme ça. De profil, soufflant par ses grosses narines, sa laideur me le rend particulièrement cher. Solal est un type solide. Je l'aime vraiment beaucoup.

– Qu'est-ce que tu as à me regarder ?
– Qu'est-ce qu'on va faire pour Jean-Claude ?
– Qu'est-ce que tu veux qu'on fasse ? Rien.
– C'est tout l'effet que ça te fait ?
– L'effet que ça me fait, ça me regarde.

Solal se racle la gorge et crache. Ce n'est pas forcément du mépris. Ça lui arrive souvent sans raison particulière.

Granger nous rejoint. C'est la grande gueule de la classe. Un cancre aux manières de caïd, redouté par les professeurs, craint par beaucoup d'élèves – il cogne facilement –, mais que Solal a à la bonne et réciproquement.

– Vous avez vu votre putain de curé ? Il tchatche philosophie et morale et après, ce bâtard, il nous nique avec les fellouzes !

– Ta gueule, Granger, dit Solal. L'abbé Sintès, on n'en parle plus. C'est mieux pour tout le monde.

Mélia souffle dans le sifflet d'acier qui lui pend au cou au bout d'un cordon. Nous nous mettons en rangs.

Le trajet jusqu'au stade donne lieu d'habitude à des joutes de *zitoun* – «olive» en arabe. Ça consiste à plaquer, vite fait, la main au cul du copain qui vous précède, le médius en avant. La première *zitoun* placée, le jeu devient collectif. Chacun cherche à protéger ses arrières et à atteindre le derrière des autres. La rigolade vire facilement à la castagne. Mais ce matin, pas de turbulences. L'arrestation de l'abbé Sintès tient tout le monde tranquille.

Le stade, en bordure de mer, est entouré d'un vieux grillage que les yaouleds escaladent pour jouer au foot. Quand nous arrivons, le gardien les chasse. Ils s'assoient sur le parapet, dos à la baie, pour assister à nos jeux. Duranton et Mélia distribuent les ballons. Les parties s'organisent. Solal, Granger et moi préférons courir un 5 000 mètres, à cadence d'entraînement. Coude à coude, nous enchaînons les tours sur la piste en mâchefer. Chaque fois que nous passons devant eux, les gosses arabes nous crient des phrases. Injures ? Encouragements ? Nous ne savons pas trop. Nous ne parlons pas arabe, sauf quelques mots courants et, naturellement, les insultes sur la sexualité des pères et mères, si couramment échangées que ce sont plutôt des signes de reconnaissance dont personne ne s'offusque.

Au bout d'un moment, Granger murmure :
– Putain de cigarettes ! Je crache mes poumons !

Il finit par s'arrêter, à bout de souffle. Solal et moi continuons, camarades de foulée et de résistance à la fatigue. Nous sommes les deux bons élèves de la classe, Solal meilleur que moi, plus régulier, aussi fort en maths qu'en français. Ce qui nous rapproche, c'est moins cette supériorité intellectuelle que notre commune coquetterie de n'y attacher aucune importance et le même souci de la faire oublier à nos condisciples. Solal y réussit plus facilement que moi. Planté dans le réel, sûr de lui, tranquille, il n'est pas handicapé par cette délicatesse de surface dont j'ai hérité en naissant dans une famille qui fut puissante et à qui il ne reste que de bonnes façons. Mais je m'accroche. Depuis l'année dernière, même Granger n'ose plus me traiter de gonzesse et de fils à papa.

Il n'y a pas de douches au stade. On revient au lycée trempés de sueur. La dépense physique ne m'a pas fait oublier l'abbé Sintès, mais a calmé le sentiment de trahison et de dégoût qui m'a étreint ce matin. Solal me donne un coup d'épaule.

– Pour Jean-Claude, tu sais, j'ai réfléchi…

Je l'interromps :

– Tu ne voulais plus en parler et je pense que tu as raison.

Il me redonne un coup d'épaule.

– Bon, ça va ! J'ai le droit de changer d'avis… Quand on réfléchit, ce qu'il a fait, ce n'est pas tellement étonnant.

Il me regarde avec son air le plus sérieux, attendant ma réaction. Comme elle ne vient pas, il me relance.

– Tu n'es pas d'accord ?

– Non, mon vieux, je ne suis pas d'accord. Ou alors tu as réfléchi plus que moi. L'histoire de Jean-Claude c'est comme un coup de poing dans l'estomac. Je reste con. C'est tout et c'est très bien.

Solal s'arrête et me sourit. Ça m'agace.

– Pourquoi tu souris ?

– Tu es rouge comme une tomate ! C'est rare que tu t'énerves comme ça.

Michelle est couchée à plat ventre sur la terrasse peinte en blanc. Le soutien-gorge de son maillot deux-pièces est dégrafé. Ses seins, de chaque côté de son buste, et ses cuisses ouvertes en compas, sont écrasés par leur poids de chair contre le ciment. Le soleil donne à plein. L'été, sa chaleur et sa lumière assomment, on les fuit. Mais, en février, le bien-être qu'il procure est incomparable. Il atteint la perfection lorsqu'on s'y livre sans bouger, comme elle fait, et qu'on reste attentif aux brises fraîches venues de la baie, qui nous caressent le dos. La béatitude dont elle jouit, je la connais, elle est notre bien commun, le cadeau de nos dieux. Quand nos corps ne seront plus sensibles au soleil ni aux souffles de la mer, il n'y aura plus rien. Cependant, à mieux regarder, l'abandon de Michelle n'est pas complet. En appui sur ses coudes, la taille cambrée, le dos en pente douce, elle tient un livre à hauteur de ses yeux et les effets de la lecture la traversent : ses orteils, aux ongles vernis rouges, se crispent par petites saccades sur le sol granuleux de la terrasse. Je ne m'attendais pas à la trouver là, un jour de semaine, à neuf heures du matin. Mais dès que j'ai posé le pied sur le débarcadère et que j'ai aperçu, à trente mètres, cette fille allongée seule sur la terrasse, j'ai su aussitôt, sans distinguer son visage, que c'était elle. Le dos, les fesses et les jambes de Michelle Léonardi, au bord de la piscine de l'Alger Racing Club, me donnent des arrêts au cœur autant que sa nuque dans le clair-obscur de la salle de concert.

Derrière moi, Solal glisse une pièce au vieux Mokrane, le passeur qui nous a fait traverser le port à la godille. Il saute de la barque et me bouscule.

– Bouge !

Nous longeons la rangée de mâts alignés face au large qui portent des fanions du club: triangles effrangés par le vent, délavés par l'humidité et le sel.

La piscine de l'ARC et les installations qui l'entourent, plongeoirs, terrasses sur plusieurs niveaux, paillotes du bar, gradins où les spectateurs s'assoient pour suivre les compétitions, ont été construites sur la digue qui protège le port. Devant, c'est la ville étagée en arc de cercle sur les collines, derrière c'est la baie.

Avec sa démarche d'ours, Solal fait claquer ses sandales sur le ciment. Je redoute que Michelle tourne la tête et me découvre.

– Fais moins de bruit !

Solal me toise avec cet air mauvais que j'ai appris à reconnaître. Il le prend chaque fois qu'il suppose que j'ai, derrière la tête, des intentions blessantes.

– Quoi, fais moins de bruit ? Tu as peur que le directeur sorte de son bureau, demande nos cartes d'identité et nous foute dehors, le youpin et son complice !

– Tu es vraiment con, Solal ! Lâche-moi avec ta susceptibilité à la con ! C'est à cause de la fille sur la terrasse du haut. Je ne veux pas qu'elle me voie.

Il jette un coup d'œil à Michelle et reprend sa bouille placide.

« Elle n'est pas mal », dit-il, et il en reste là. Solal n'est ni curieux ni bavard, sauf quand il s'agit de considérations générales.

La première fois que j'ai proposé à Solal de m'accompagner à la piscine de l'ARC, le vendredi matin avant le cours de français, il a refusé sous un prétexte invraisemblable : c'était le seul jour où il pouvait dormir tard. Je connais ses goûts, ce sont les miens. Je ne l'ai pas lâché. Jamais il ne me ferait croire qu'il préférait dormir plutôt que de nager un bon kilomètre au crawl. Il a fini par cracher le morceau : l'ARC est un club privé où les Juifs ne sont pas admis. Je n'en croyais pas mes oreilles. Je voulais bien admettre qu'autrefois, avant le décret Crémieux, qui, en 1871, avait accordé la nationalité française aux Juifs d'Algérie et peut-être même après, jusqu'à la guerre de 14, des Européens avaient exclu les Juifs de leurs cercles. Mais aujourd'hui, en 1955, ce n'était plus comme ça, ça ne pouvait pas l'être, il inventait, il était paranoïaque, il disait n'importe quoi.

Solal m'a interrompu :

– Quand tu joues l'ange candide, j'ai envie de te

mettre sur la gueule. Si tu ne me crois pas, renseigne-toi. Je suis sûr que les gens de ta famille connaissent les dirigeants de l'ARC.

Il avait mis droit dans la cible.

J'ai répliqué que, de toute façon, on s'en foutait. On les emmerdait. Il serait stupide et même scandaleux de renoncer à un plaisir à cause de quelques vieux crabes.

Solal me regardait m'énerver, avec son air supérieur.

– Pourquoi parles-tu de renoncer au plaisir de nager le vendredi matin ? Tu n'es pas concerné. Tu n'es pas juif.

– Tu me prends pour qui ? Si tu ne viens pas à la piscine avec moi, je n'y mettrai plus les pieds.

L'attitude honorable aurait été de n'y plus mettre les pieds, avec ou sans Solal. Ça ne m'est pas venu à l'esprit et mon camarade, soit qu'il n'y ait pas pensé non plus, soit par générosité, ne me l'a pas fait remarquer. Quelque chose dans ma voix avait dû le toucher : mon indignation sincère et aussi, qui me serrait la gorge, un mélange de détermination et de faiblesse qu'on pouvait traduire par une phrase du genre : « Je ne me bats pas contre la connerie, mais il est hors de question que je m'y soumette. »

– D'accord, a dit Solal, j'irai crawler. Mais c'est uniquement parce que j'en ai envie et uniquement parce que c'est toi. Je ne le dirai pas à mon père et toi, au lycée, ferme-la devant Bensoussan, Chetritt, Atlan et les autres, sinon mon père me fout une baffe et les copains sont morts de jalousie.

Nous descendons dans le vestiaire, sous la tribune.

Nous nous déshabillons et enfilons nos maillots. Quand nous remontons, le soleil nous chauffe les épaules. Nous grimpons sur les plots de départ. Sur la terrasse, Michelle continue de lire. Solal la désigne du menton :

– Quand nous plongerons, elle tournera la tête et elle te verra.

– C'est sûr. Mais je serai dans l'eau, je ne serai pas obligé de lui parler.

– Elle t'intimide tant que ça ?

Je fais : « Bof » du bout des lèvres.

Solal se tape les muscles du ventre à deux mains.

– Ton truc, dit-il, c'est comme Gide : « Passer outre. »

– Je ne comprends pas.

– Tu te fous de tout parce que tu as tout : bien élevé, bien sage, pas juif, pas arabe, timide avec les filles mais ça te passera. Ça roule tout seul !

J'agrippe mes orteils à l'angle du plot carrelé.

– Et alors ? Qu'est-ce que tu veux ? Que je m'excuse ? D'ailleurs, « ça roule tout seul », c'est toi qui le dis. Et tu le dis parce que tu sais que tu es plus intelligent, plus combatif et en plus malin, et que tu rouleras loin.

Solal rigole, lève les bras, plonge. Je plonge.

Nous crawlons sur des lignes parallèles. Après chaque virage – bascule du corps, poussée des deux pieds contre la paroi, glissade en torpille –, j'ouvre les yeux sur Michelle qui s'est retournée, s'est assise et a posé son livre sur ses genoux. Je repars pour une longueur. À la dernière, quand je touche le bord dans la même seconde que Solal, elle est debout au-dessus de nous, souriante au bord du bassin. La surprise me tient la bouche ouverte. J'avale une vaguelette. Elle nous propose de venir boire un Coca. Je toussote et crachouille, accroché d'une main à l'échelle en inox. Solal se hisse hors de la piscine à la force des bras.

– C'est gentil, dit-il à Michelle, mais on n'a pas le temps.

Il s'éloigne vers le vestiaire, imprimant sur le sol les empreintes humides de ses grands pieds. Je grimpe l'échelle, les cheveux dégoulinant dans les yeux.

– Tu es sûr que tu ne peux pas rester ? Ça me ferait plaisir.

Sa peau brille de sueur dans les petites cavités qui relient la fragilité de son cou à ses épaules rondes.

– On a cours à dix heures et je ne peux pas laisser Solal.

Elle se moque, avec un rire plutôt gentil :

– Bon élève et bon camarade !

Je baisse les yeux, mon regard effleure son ventre, je les relève aussitôt, je souris par contenance, je dis au revoir, je me retourne, je marche vers les vestiaires. Je fuis, honteux de mon embarras de puceau. Pourtant Michelle m'a dit que ça lui ferait plaisir que je reste avec elle.

D'ailleurs, elle me rattrape.

– Tu connais Jacky Olcina ?

Où veut-elle en venir avec ce Jacky ? Mes espoirs se fanent, tombent. Je réponds prudemment :

– Je l'ai vu à Surcouf, avec toi. On a pêché ensemble une fois sur le bateau de Bouarab.

– Il fait une fête chez lui samedi. Viens, je t'invite.

Je réponds «d'accord» plusieurs fois. Le soulagement me fait bégayer. Pendant que Michelle m'explique où se trouve la maison de Jacky, à Fort-de-l'Eau, je répète encore «d'accord», que j'alterne avec «c'est gentil». Elle m'embrasse la joue, sa main une seconde posée sur mon torse. Je file. J'ai des ailes. Emporté par l'élan que m'a donné Michelle en bikini rose, je passe en un instant à travers toutes les délicatesses de sentiments qu'elle m'inspire, pour finir par me répéter, en boucle: «Je vais la niquer, je vais la niquer.»

C'est une villa moderne pas tout à fait finie, dans un lotissement où des gravats et des parpaings traînent sur les terrains pelés. J'ai pris le car à la gare routière. La ligne dessert les communes de la côte à l'est d'Alger. C'est celle qui mène à Surcouf. À Fort-de-l'Eau, les cafés qui bordent la route servent des brochettes fameuses. On y vient de partout, surtout le dimanche. Dans mon trouble, j'avais mal écouté les indications de Michelle. À la sortie du village, j'ai dû demander mon chemin à une dame qui s'en retournait chez elle avec son couffin à provisions.

– La villa de Jacky Olcina? Vous voulez dire la maison des hôtesses de l'air? m'a-t-elle répondu avec un sourire égrillard. C'est par là, en haut du lotissement, après les gourbis. Vous trouverez facilement, ils n'ont rien planté dans le jardin et n'ont même pas posé de clôture.

Cinq ou six types s'activent mollement autour de

kanouns pleins de braises. Les brochettes crues sont entassées par terre sur une toile cirée. Jacky, qui avive le feu en agitant un journal plié, me fait un signe d'accueil. Près de lui, un barbu tient un verre d'anisette dans chaque main. Une fille en short blanc accourt avec un bol de Pyrex, embrasse le barbu sur les lèvres et met des glaçons dans ses verres. Une autre fille, vêtue d'un paréo tahitien noué sur les hanches et d'un soutien-gorge en dentelle noire, vient vers moi, me dit qu'elle s'appelle Patricia et que je suis sûrement l'ami de Michelle. Elle est bronzée, avec une queue-de-cheval tenue par un élastique. Ses yeux sont abondamment maquillés sans que cela lui enlève son air simple et doux. Elle m'entraîne à l'intérieur de la maison. C'est dallé marron, meublé exclusivement de lits défaits poussés contre les murs. Michelle sort de la cuisine, un couteau dans une main et une tomate dans l'autre. Elle a passé un tablier de cuisine en plastique sur sa robe. Son aspect de ménagère me décoince. Je l'embrasse. Penché sur elle, ma bouche sur sa joue, je vois de tout près et je sens sa peau à grain fin. Elle recule, bras écartés, couteau et tomate brandis, et me bombarde de gentillesse.

– Tu as trouvé facilement ? Je suis contente que tu sois là ! Je me demandais si tu viendrais. Tu es tout rouge ! Tu as chaud ? Tu veux boire ?

Patricia me tend un grand verre et Monique, la préposée aux glaçons, en glisse deux dans l'anisette très blanche, c'est-à-dire très tassée, que m'a servie la Tahitienne aux grands yeux.

Dans la cuisine, trois autres filles jacassent et rient

en me jetant des coups d'œil, c'est du moins ce que j'imagine. Elles sont beaucoup plus âgées que moi et ont toutes des allures de pin-up. J'ai l'impression d'être accueilli comme un premier communiant au bordel. Michelle perçoit ma gêne et me rassure.

– Elles sont gentilles, pas très futes-futes mais gentilles, tu verras.

– Ce sont des hôtesses de l'air ?

– Tu es malin, dis donc ! Comment as-tu deviné ? Jacky les héberge entre deux vols. Ça va, ça vient.

Dehors, Jacky crie :

– Ramenez-vous, c'est cuit !

On mange les brochettes debout, en faisant glisser avec les dents les bouts de viande sur la tige de métal. On se brûle les lèvres. On secoue les doigts pour dire comme c'est bon et comme c'est chaud. Les hôtesses de l'air servent des verres de vin rosé où la glace tinte. Elles apportent aux garçons, sur des assiettes en carton, les salades de crudités qu'elles ont préparées. Ils picorent les tomates et les poivrons du bout des doigts, posent les assiettes sur des parpaings ou les renversent et rigolent de leur maladresse. À l'anisette dès le réveil, ils sont ivres. Alourdis, ils traînent leurs yeux jaunes sur l'agitation des filles, enlacent mollement les tailles qui passent à leur portée.

Porté à la grandiloquence par le rosé, je me dis que leur désinvolture épaisse est un idéal que je n'atteindrai jamais. Michelle épluche une mandarine et me la donne à manger, quartier par quartier. Je lui dis merci entre chaque becquée.

– C'est bon ?
– Délicieux.

— Jacky a été les cueillir chez son oncle.
— La mandarine fraîche, encore un peu chaude de soleil, c'est une preuve de l'existence du bon Dieu.

Elle rit :
— Tu as trop bu !
— Le rosé glacé est aussi une preuve de l'existence du bon Dieu !
— Ça te va très bien d'être saoul !

Je lève la main vers Michelle, mais je n'ose pas la glisser derrière sa taille. Je la pose sur son épaule.
— Les hôtesses de l'air sont très gentilles, mais pas autant que toi. Et Jacky aussi est un brave type.

La question que j'ai préparée après avoir mentionné Jacky, c'est : « Tu es sa petite amie ? » Je m'arrête avant de l'articuler.

Le retour de timidité, cette dérobade, me rendent triste. Pour un peu, je pleurerais. Je vacille, appuyé à l'épaule de Michelle.
— Tu ne tiens pas debout. Tu devrais t'allonger et dormir.

Les hôtesses de l'air empilent verres et assiettes et les emportent à la cuisine. Elles ramassent aussi les bouteilles. Les garçons se rassemblent en rond. Enlacés par les épaules, ils entament, lourdement, une sorte de danse sioux, en beuglant « La digue du cul, en revenant de Nantes… ». Sauf le barbu, ils ne savent pas bien les paroles. Jacky met fin à l'exercice en lançant des hourras, que les autres reprennent, bras levés. Puis ils se collent les uns aux autres torses contre dos et, ainsi encastrés, entrent dans la maison en sautant en cadence.

Désormais seul garçon parmi les hôtesses de l'air

allongées ici et là dans des chaises longues, je me demande si, pour échapper au sort ridicule de gamin, je ne dois pas rejoindre le clan des hommes. J'y vais. Les Sioux roupillent en travers des lits. Jacky ronfle, adossé contre le mur, la tête penchée sur l'épaule.

Une couverture kaki traîne par terre. Je la prends, ressors, grimpe vers le haut du terrain en friche et m'allonge.

Michelle, à genoux près de moi, me réveille en me secouant le menton.

– La sieste est terminée ! Tu tiens debout ? Tu veux prendre une douche ?

Je me frotte les yeux.

– Quelle heure est-il ?

– Cinq heures. Tu as dormi trois heures comme un bébé, enfin comme un bébé qui a bien biberonné !

Les bras derrière la nuque, je souris de sa plaisanterie. Elle m'ébouriffe les cheveux.

– Je n'aime pas les fins de partie. Si tu te sens suffisamment bien, on s'en va.

Je saute sur mes pieds.

Michelle conduit sa quatre-chevaux penchée en avant, avec de brusques accélérations et des coups de freins nerveux. Elle m'explique qu'elle est myope et qu'elle a oublié ses lunettes. Je lui propose de prendre le volant.

– Mais tu n'as pas ton permis, tu n'as pas l'âge.

– Non, mais je sais conduire. Le chauffeur d'un ami de ma grand-mère m'a appris, à la ferme.

Je ne suis pas spécialement fier de savoir conduire, mais ça semble tellement impressionner Michelle que je le deviens. Elle s'arrête. Nous changeons de place. Je m'applique à éviter les à-coups, à rester tout à la fois rapide et fluide.

Michelle habite Hydra, sur les hauteurs d'Alger, une maison basse, très moderne, que je trouve épatante. La porte du garage s'ouvre automatiquement. J'y range la quatre-chevaux.

– Tu restes un peu ?
– Bien sûr, mais…
– Mais quoi ?
– Ton père n'est pas là ?
– Qu'il soit là ou pas, qu'est-ce que ça peut faire ?

Je ravale ma sottise. Nous traversons, elle devant moi, avec sa jupe qui bouge autour de ses genoux, un hall, un salon. Michelle ouvre la porte d'une chambre.

– Comme tu vois, il n'y a personne. Papa passe les week-ends chez sa maîtresse.

Nous repartons à travers la maison.

Il y a une baignoire dans la chambre où elle me fait entrer, qui est, je suppose, la sienne, une baignoire ancienne, en métal, avec des pieds griffus. Michelle déploie devant elle une sorte de paravent en jonc tressé. Elle m'annonce qu'elle va prendre un bain, mais que je peux rester. Avant de disparaître, elle met un disque sur l'électrophone.

– Le Philharmonique de Berlin dirigé par Furtwängler, c'est autre chose que l'orchestre de Radio-Alger. Écoute bien.

Par-dessous Beethoven, j'entends l'eau couler. Je me représente, avec détails, Michelle s'y glisser nue. Le désir et l'angoisse avancent, reculent, mélangent leurs vagues. Je me lève du fauteuil. Je contourne le paravent. Je ne sais plus ce que je fais. D'ailleurs, ce n'est plus moi. Le somnambule qui m'a remplacé voit les seins offerts au ras de l'eau et, à travers la transparence liquide, le triangle, noir comme l'abîme, et pourtant aussi tranquille qu'une petite bête endormie. Je fais alors une chose dont j'ai du mal à imaginer que je l'ai réellement faite : je saute dans la baignoire, je plonge sur Michelle. Je ne me souviens plus de la suite immédiate. Je me retrouve assis sur une chaise cannelée, une serviette sur la tête, avec Michelle en peignoir qui me frotte les cheveux. Elle rit, elle me traite de fou, elle me propose une chemise et un pantalon de son père. Je refuse : mes vêtements ne sont mouillés que devant, ça séchera vite. Je ne suis pas si penaud qu'on pourrait penser ou, plus exactement, ma situation grotesque me distrait. Je n'ai pas niqué Michelle mais, apparemment, je ne me suis pas coulé auprès d'elle, j'ai même l'impression d'avoir marqué un point.

– Tu m'as fait peur, tu sais, me dit-elle en me raccompagnant à travers la pelouse.

Elle m'ouvre le portail. Je veux l'embrasser.

– Ah non, ça suffit !

Elle referme le portail, remonte les manches de son peignoir.

– Quel drôle de zèbre tu fais !

Je m'en vais prendre l'autobus, insatisfait mais gaillard, toujours puceau mais drôle de zèbre, ce qui compense.

Zoé crie que c'est là.
– Où ? crie Suzanne.
– Mais là, enfin ! Tu es venue mille fois !

Suzanne donne un coup de pied sur le frein et un tour de volant à deux bras. Les amortisseurs de son vieux cabriolet s'affaissent dans le virage, les cailloux arrachés par les pneus tambourinent contre le châssis. Nous remontons à grand bruit le chemin bordé d'iris au sol, de roses à mi-hauteur et de palmiers dans le ciel. Mon dernier séjour à la ferme des Steiger remonte à au moins deux ans, mais tout est en place, comme autrefois.

Dans le parc, les serres, l'enclos où les gazelles mâchouillent du fourrage devant les chalets normands miniatures qui leur servent d'abri, les volières de Karen Steiger, le court de tennis, les massifs de cannas, de plumbagos et d'ibiscus, les rigoles d'irrigation où l'eau coule nuit et jour avec un bruit d'eau qui coule, les étendues de ce gazon à feuilles coupantes, résistant au soleil d'Algérie qu'on appelle *kikouyou*, enfin les allées sablées où à cinq ans j'ai connu le plaisir, jamais épuisé, de pédaler comme un fou sur mon vélo rouge, avec, en fin de course, des arrêts dérapages. Derrière le bois d'eucalyptus dont les paons et les pintades se disputent les branches, les écuries, passées à la chaux teintée de bleu pour éloigner les mouches, sont disposées de part et d'autre d'une sorte de tour à clocheton où sont pendus les harnachements. À droite, ce sont les chevaux de trait, à gauche les mulets. Dans le paddock où Dédé élève ses pur-sang arabes, les deux étalons, le gris et l'alezan, galopent le long des lisses, la queue dressée en fontaine. Quand l'odeur d'une jument en chaleur dilate leurs naseaux, ils pilent des quatre sabots et se cabrent l'un contre l'autre.

Enfant, à chacun de mes séjours, cajolé par Anne-Marie, la fée de cette maison fabuleuse, l'abondance de ces merveilles s'offrait à moi comme dans un conte. Je vivais, dans la propriété des Steiger, une vie plus belle que la vraie, le petit bonhomme sans intérêt que j'étais à mes propres yeux transformé, par la magie des lieux, en champion cycliste, en chasseur de fauves imaginaires, en explorateur dans la jungle et, rôle principal, en prince héritier du royaume enchanté.

Suzanne stoppe brutalement la voiture. Zoé est projetée en avant. Elle engueule Suzanne qui s'en fiche et qui, en guise de réplique, tire la manette du frein à main. Elles sont cousines, elles ont été élevées ensemble. Leur affection ne connaît qu'un seul mode : la chamaillerie. Suzanne lève des yeux désapprobateurs sur la façade de la maison où se succèdent des bâtiments de différentes hauteurs, en retrait ou en saillie, agrémentés de terrasses et de balustrades.

— Mais que c'est moche, on dirait la villa de Mussolini !

Zoé la rabroue.

— Sois polie ! Au moins, sois polie... Et tes cheveux ! Déjà que cette teinture rousse est horrible, tu aurais pu au moins...

— Je n'ai pas les moyens d'aller chez le coiffeur. D'ailleurs, ça m'emmerde !

— Au moins les laver, Suzanne !

— Je suis sale ! Dis tout de suite que je pue !

— Ça t'arrive, dit Zoé.

Elle cogne deux coups avec la main de fatma en cuivre, vissée dans la porte d'entrée ovale.

Ali nous ouvre. Sa peau est dépigmentée par plaques. Ces taches roses sur le visage et sur les mains du vieux domestique le désignaient à mes yeux d'enfant comme un être un peu fantastique, le sorcier bienveillant de la ferme. Lorsque je descendais de ma chambre, il m'attendait en bas de l'escalier devant la rampe en bois sculpté, me conduisait solennellement dans la salle à manger des enfants. Il me servait du chocolat et restait debout derrière ma chaise tout le temps de mon petit déjeuner. Il m'embrasse, salue les dames comme il convient, puis appelle la maîtresse de maison : « Madame Karen, tu viens ? Ils sont là ! »

La dépouille du lion qui me faisait peur est toujours étalée dans le hall octogonal.

La peau fait tapis. La gueule, naturalisée grande ouverte sur les crocs, avec des yeux de verre plus cruels que des vrais, j'en emportais l'image dans mon lit. La tête sous le drap, je construisais des épisodes sadiques, en fait, sauf les détails dont j'enrichissais la scène soir après soir, toujours le même : le fauve bondissait sur Anne-Marie qui l'enjambait nue, telle que je l'avais vue une fois sortir de sa douche. J'intervenais pour la sauver le plus tard possible, puisque mon héroïsme avait pour résultat de mettre fin au spectacle effrayant et délicieux.

Karen Steiger trottine pour nous accueillir. Menue mais le tronc et les hanches épaissis par l'âge, elle porte un tailleur à veste et jupe droites, toujours le même modèle, grège pour la saison chaude, gris pour l'hiver, qu'elle commande à ses mesures chez Christian Dior.

Elle ne nous embrasse pas – elle n'aime pas embrasser ni être embrassée – et appelle son époux.

– André ! Zoé, Suzanne et le petit sont arrivés.

Très attachée à son Danemark natal – il y a à Alger une colonie danoise qui tient, discrètement, le haut du pavé –, elle a conservé un fond d'accent nordique. Combiné au chevrotement de sa voix, cela lui prête quelque chose d'à la fois douloureux et chic.

Dédé déboule dans le hall, bras chaleureusement ouverts, sans veston. Son pantalon, remonté par des bretelles jusqu'au milieu du torse, moule son ventre et au-dessous, mollement, ses couilles.

– Soyez les bienvenus, surtout toi, Suzanne, qui ne vient plus nous voir !

Il prend Zoé aux épaules et l'embrasse sur les deux joues.

– Quelle bonne idée tu as eu d'organiser ce déjeuner !

Il se tourne vers le vieux domestique.

– Ali, va chercher le muscat… Tu t'en souviens, Suzanne, de mon petit muscat maison ?

Nous nous installons dans un des salons en rotonde. J'ai envie d'aller fureter à travers la maison, de revoir ces couloirs, ces recoins, ces paliers où je me suis inventé tant d'aventures. Je n'osais entrer dans la salle de billard que sous la garde d'Ali. Ma main dans la sienne, je contemplais en silence les boiseries sombres, les rideaux toujours fermés, les globes verdâtres des suspensions. Que faisait-on sur cette grande table verte ? C'était un mystère.

Mais je reste assis dans le fauteuil de cuir, mon verre de muscat à la main.

Éclaircir les mystères est toujours décevant. Surtout, je veux assister à la scène qui va avoir lieu. Je sais pourquoi Zoé a amené Suzanne chez les Steiger, elles en ont parlé dans la voiture. Avec Zoé, ça ne va pas traîner.

Effectivement, elle attaque aussitôt.

– Dédé, tu sais que Suzanne fait la critique de cinéma à *L'Écho d'Alger* ?

– Mais bien sûr ! Tout le monde est fier d'elle… Je t'écoute même à la radio, ma Suzanne.

– À la radio, dit Suzanne, ça fait un mois qu'ils m'ont licenciée !

– Sans vouloir te vexer, tes émissions étaient difficiles à suivre pour les braves gens comme moi. Et avec ton caractère, tu n'as pas dû arrondir les angles…

Suzanne hausse les épaules. Des tendons saillent sous sa peau, à la base de son cou maigre.

– Il n'y avait pas d'angles à arrondir ! Ils m'ont mise à la porte parce que j'avais invité Jean Sénac.

– Qui c'est, Jean Sénac ?

– Un poète. Il est partisan de l'indépendance. Il l'a dit à l'émission. J'ai été virée !

– C'est embêtant, dit Steiger avec une moue.

Ses lèvres sont épaisses. Quand il les avance, sa bienveillance recule.

Zoé reprend la main.

– Très embêtant, dit-elle. D'autant plus embêtant que maintenant *L'Écho d'Alger* veut aussi mettre Suzanne à la porte. Sans ce travail, elle n'aura plus rien pour vivre.

Les paupières de Dédé s'alourdissent. L'hôte chaleureux laisse la place au président Steiger, carré dans son siège, les pouces glissés sous les bretelles.

– Je ne peux pas, dit-il, et d'ailleurs je ne veux pas…

Zoé le coupe.

– Ne te braque pas. Ce n'est pas politique. Suzanne a juste écrit qu'un film où on voit un couple faire l'amour dans une baignoire est très bien.

– Pas « très bien », précise Suzanne, un chef-d'œuvre ! Ils prétendent au journal que mon article a provoqué une avalanche de lettres indignées.

– Et c'est vrai ? demande Dédé.

Les fanons secs de Suzanne tremblent.

– Les Algérois sont des puritains et des cons !

Zoé se tourne vers sa cousine.

– Suzanne, ne parle pas comme ça ! D'ailleurs tais-toi !

Elle se retourne illico vers André.

– Dédé, téléphone à Alain de Sérigny. Juste un

petit coup de fil et tout s'arrange… Karen, vous êtes d'accord, n'est-ce pas, avec votre grand cœur !

Karen ne répond ni ne sourit. Devant son mari, elle se tait. André fait claquer ses bretelles sur son torse pour mettre un terme à cette conversation qui l'embête.

– Je verrai, dit-il d'un ton boudeur.
– Tu ne verras rien du tout, reprend Zoé vivement. Tu téléphones à Sérigny qu'il garde Suzanne et c'est tout !

Elle lève le bras comme si elle s'apprêtait à invoquer le ciel, puis, son geste lui paraissant sans doute exagéré, elle le dévie, glisse la main derrière sa tête et ébouriffe ses cheveux courts, avec une coquetterie désinvolte.

– Ce que vous pouvez être embêtants tous les deux, avec vos trucs politiques ! Dédé, Algérie française à tous crins, Suzanne avec ses idées de gauche. Et tout de suite chien et chat ! Vous êtes de vieux amis, c'est ça qui compte ! Le reste…

Elle interrompt le va-et-vient de ses doigts dans ses cheveux et répète, deux fois encore, «le reste», d'une voix assombrie. Ça provoque un silence de plusieurs secondes. Je n'ai jamais entendu ma joyeuse grand-mère prendre ce ton désespéré. Les autres non plus, j'en suis sûr, comme je suis sûr que chacun dans la pièce, y compris le vieil Ali debout à la porte, sait que le «reste», en Algérie, sera fatalement tragique.

Nous déjeunons dans la grande salle à manger tapissée de papiers peints à décor exotique, genre comptoirs des Indes au XVIIIe siècle : dans des jungles de fantaisie, des personnages à peau sombre, les hommes en pagne, les femmes vêtues de robes princières, vaquent à de douces occupations. Ali a déposé au centre de la table un plat d'anchois frits – j'adore ça – et près de chaque assiette des raviers en cristal où alternent des lamelles rouges et vertes de poivrons grillés. Quand il passe le gigot, l'affrontement reprend entre Suzanne et André. Ce dernier a entendu parler d'un projet de rencontre entre pieds-noirs de bonne volonté et fellaghas de bonne volonté. Il articule «de bonne volonté» avec une ironie soulignée. Suzanne confirme. C'est une idée d'Albert Camus, relayée à Alger par des amis à lui, qui sont aussi les siens. Elle cite des noms. Je ne connais pas les Arabes, mais, parmi les Européens, j'en repère quelques-uns: Emmanuel Roblès, parce qu'il est écrivain et que j'ai lu ses livres, Jean de Maisonseul, peintre et architecte, qui est un ami d'enfance de ma mère. Suzanne s'exalte à la perspective de cette trêve civile conclue entre enfants du pays pour mettre fin à la violence. André traite Camus et ses camarades de dangereux naïfs.

– On ne discute pas avec les terroristes. On les extermine.

Suzanne rétorque qu'on n'en serait pas là si les gros colons n'avaient pas, depuis 1930, bloqué toutes les évolutions.

– C'est votre égoïsme et votre aveuglement qui ont poussé les Arabes à la révolte.

Dédé s'emporte et tonne:

– Qui a fait construire un village pour loger mes ouvriers, avec dans chaque maison l'électricité, l'eau courante, un jardin? Qui a fait construire une école pour leurs enfants ? Tous les jours, je renvoie des fellahs qui me supplient de venir travailler ici ! Les Arabes savent ce qu'ils me doivent ! Ils me connaissent. Ils savent, eux, pas comme tes intellectuels assis derrière leur table, que j'ai commencé en poussant la charrue. À cinq heures du matin au cul des mules, comme mon père ! Même le lendemain de mes noces, à cinq heures du matin, Karen peut témoigner !

Il brandit ses poings, serrés sur son couteau et sa fourchette, de chaque côté de la serviette damassée qu'il a glissé dans son col :

– C'est avec ces mains que j'ai tout construit ! On ne me l'enlèvera pas ! Je préfère crever. Mais, avant, je me défendrai ! Qu'ils y viennent, nom de Dieu, ils vont voir !

Suzanne est cramoisie.

– Un bain de sang, les Arabes d'un côté, les Français de l'autre, c'est ça ta solution !

Silencieux derrière mon assiette, je les trouve attendrissants. Ils n'ont rien, surtout Dédé, de la subtilité que Tchekhov a donné aux protagonistes de ses pièces, mais comme eux, quand l'ancienne Russie allait sombrer, ils n'ont pas de prise sur l'issue du drame dans lequel ils jouent. Ils ne sont pas les acteurs de leur histoire. Ils en sont les personnages.

Zoé doit avoir, aussi confusément que moi, la même impression. Elle a cessé de prêter attention à l'empoignade et cause broderie avec Karen.

– Je dessine le motif de ton service sur une nappe en voile blanc, par exemple ces guirlandes de fleurs sur ces ravissantes assiettes que tu as sorties pour nous. J'échantillonne les cotons pour reproduire chaque nuance de couleur. Je brode moi-même le premier motif puis je confie le tout à ma petite Zoubida qui achève la nappe. Elle a des doigts de fée. Je l'adore.

– C'est cher ? demande Karen.

– Oui, forcément ! C'est un travail long et minutieux, un travail d'artiste. Mais tu peux te payer ça, tout de même !

Karen, la mine pincée, n'a pas l'air convaincue. Zoé la bouscule.

– Ma pauvre Karen, ce que vous pouvez être pingres, Dédé et toi ! Si j'avais votre fortune, ça valserait !

Au dessert, fraises à la crème, Suzanne et Dédé, fatigués de s'engueuler, se taisent, l'un et l'autre retranchés dans la certitude d'avoir raison. Karen accepte, du bout des lèvres, de commander une nappe à Zoé.

Dans le salon, avant que chacun ne reprenne place dans les fauteuils pour le café, Zoé demande à Dédé des nouvelles de sa fille. Il y a plus de dix ans que je n'ai pas vu la fée bronzée qui présidait à mes vacances de petit prince et qui nourrissait mes fantasmes sadiques. Elle est sortie de mon univers. Je sais pourtant, par des conversations saisies au hasard, qu'elle a épousé Xavier Yturri-Moréno, le fils de Bibi, la plus excentrique des amies de ma grand-mère. Ils vivent à Paris. Anne-Marie s'occupe de théâtre.

– Figure-toi, dit Dédé d'une voix sinistre, qu'elle est ici avec Xavier et par-dessus le marché avec la fille de Xavier.

– Avec Xavier ? s'écrie Zoé. Mais Bibi m'a dit qu'ils étaient séparés !

– Ils se séparent tous les trois mois et se rabibochent aussitôt ! Xavier n'est pas près de la lâcher !

Il balance son bras dans un grand geste circulaire comme pour chasser loin de lui sa fille qui le méprise et ce gendre que lui méprise. Karen rentre la nuque dans les épaules et adresse à Zoé un sourire crispé : le sujet est dangereux. Ma grand-mère comprend. Elle va s'asseoir. Suzanne, en revanche, qui n'éprouve aucun devoir de délicatesse, se lance, avec une allégresse de poseur de banderilles :

– Anne-Marie est là ! J'aimerais la voir, parler théâtre avec elle. Je l'admire beaucoup. Quel culot elle a ! Quel courage !

Dédé fixe sur Suzanne des yeux agrandis par une sorte de noire incompréhension :

– Courage ? Quel courage ? Notre fille est folle.

– André, je t'en prie, murmure Karen de sa voix tremblotante.

– Courage, je maintiens, dit Suzanne. Il en faut beaucoup, André, quand on est ta fille, pour épouser un play-boy qui ne sait rien faire, sauf l'amour – mais il paraît qu'il est inouï –, et surtout pour monter dans son théâtre les pièces de Jean Genet. Se faire le mécène des auteurs les plus anticolonialistes avec ton argent et, toujours avec ton argent, entretenir un homme pour le plaisir qu'il lui donne, je comprends que ça te reste en travers de la gorge, mais avoue que c'est gonflé !

Dédé est debout près de moi. Je l'entends souffler par saccades. Il vacille d'une jambe sur l'autre, balançant entre un sursaut de fureur contre Suzanne et l'abandon du combat, telle une grosse bête habituée à vaincre et qui ne sait plus comment réagir. Finalement, il pose la main sur mon épaule. Son bras pèse lourd. Un instant, je crois qu'il a pris appui sur moi pour ne pas s'affaisser. Mais il fait volte-face, m'entraînant dans son mouvement. Je ne l'aime pas beaucoup et pourtant, à cet instant, je me sens solidaire de sa détresse. Nous nous dirigeons vers le hall. Dans notre dos, Suzanne poursuit, impitoyable :

– D'après ce qu'on m'a dit, Anne-Marie n'aime pas trop qu'on sache à Paris que les sous qu'elle distribue aux artistes sentent la sueur des burnous…

La main d'André se crispe sur mon épaule.

– … mais, malgré tout, il faut un sacré caractère à cette petite !

Zoé la coupe :

– C'est le caractère qu'elle a hérité de Dédé !

André m'attire contre lui comme s'il voulait, par ce rapprochement, me remercier de l'intervention de ma grand-mère. Son vieux corps de lutteur se détend. Sa jambe, au contact de la mienne, se soulève un peu. Il pète. Le pet caverneux le soulage et me donne envie de rire. Il m'adresse un sourire gaillard, entre hommes.

– Bonhomme, tu ne vas pas passer l'après-midi dans un fauteuil avec ces trois vieilles pies. Va rejoindre Anne-Marie au bordj. Xavier te fera faire du ski nautique. Demande un cheval à Mouloud.

Nous contournons la peau de lion. André ouvre la porte et me pousse dehors.

– Passe par l'oued. Tu connais le chemin.

Je ne sais pas monter à cheval. Mon père a refusé que je prenne des leçons d'équitation. Il réprouve ce sport coûteux et aristocratique. Mais, dans les fermes des amis, je n'ai laissé passer aucune occasion d'enfourcher bourricots, mulets et parfois poulains à peine débourrés. Ni les bûches ni le ridicule ne m'ont découragé.

Mouloud, dit Moustache, le fils d'Ali, m'a sellé une jument grise.

– Elle est tranquille, mais si tu la pousses elle y va bien.

Je traverse au pas le bois d'eucalyptus. Les sabots de la jument écrasent les feuilles, les fruits octogonaux blanchis par la chaleur, les lambeaux d'écorce enroulés en cylindres. Ça craque. L'odeur pharmaceutique monte. J'arrive à la vigne : cent hectares plats de rangs verts, coupés, droit jusqu'à l'oued, par une route de terre rouge. La jument piétine, échauffée par un besoin de s'élancer que le piètre cavalier que je suis est incapable de contrôler. Le serais-je que je ne le ferais pas. Il faudrait être un fichu crétin pour ne pas se laisser embarquer. Je laisse aller. Je n'ai pas le choix et c'est mon choix. Nous fonçons plein pot. Rien n'est plus facile, rien n'est plus enviable.

Les rives de l'oued sont tapissées de gros galets. Aborder ces éboulis au galop, c'est la chute assurée. Comment l'éviter ? J'ai fait confiance à la fougue de la jument. Je fais confiance à sa prudence. J'ai raison. Son dos, sous moi, se tend. Elle raccourcit ses foulées, relève l'encolure et pique ses quatre membres dans un trot heurté. Le passage d'une allure à l'autre est brutal. Il faut garder les reins souples pour absorber les chocs et, simultanément, serrer fort cuisses et mollets. Se maintenir liant du dos et ferme des jambes est une lutte de la volonté contre les réflexes de mes muscles et de mes articulations. Je fais ce que je peux. Ça secoue. Ça m'intéresse. Il suffit de tenir bon sur la centaine de mètres nécessaire à ma brave monture pour ralentir, se rassembler dans un trot doux, ralentir encore et se mettre au pas. Elle souffle, les naseaux dilatés à la recherche d'air. Mon cœur cogne. Sa sueur forme des bourrelets d'écume sur l'encolure, de chaque côté des rênes. La mienne me coule dans le dos.

Le lit de l'oued est vaste comme une contrée. Les bras sinueux où l'eau ne coule que quelques jours par an – et alors ce sont des cataractes – enserrent des îles d'herbe rase où des moutons broutent. Les enfants qui les gardent se sont immobilisés pour m'observer. Une petite fille en robe kabyle me salue en levant le grand bâton qu'elle a décoré avec des lambeaux de tissu. C'est son instrument de travail, son oriflamme, sa protection contre les mauvais esprits. Un garçon, appuyé au tronc d'un cèdre qu'une crue a arraché à la montagne, joue une mélopée de trois notes sur une flûte en roseau. Pieds nus, jambes croisées sous le burnous, il ressemble au pâtre romain dont le dessin illustre les extraits de Virgile dans mon livre de latin: *« Tityre, tu patulæ recubans... »* Comme autrefois, quand Anne-Marie m'emmenait jusqu'à l'oued, j'ai l'impression de traverser un autre pays, échappé au temps, hors d'atteinte des tracteurs et des sulfateuses qui patrouillent dans les vignes.

Ce qu'on appelle le « bordj » chez les Steiger, c'est leur villa de mer, construite au début du siècle sur la plage sauvage qui borde leur propriété, au-delà d'une zone de dunes basses, parsemées d'herbe à chameaux. Elle a été conçue par un architecte anglais. Après avoir, en Inde, adapté l'architecture locale au confort moderne, il exerça dans les années 1900 ses talents en Algérie. On croirait un fort saharien posé devant la Méditerranée. Autour, pas de jardin, pas de végétation, le sable nu où se dresse un grand palmier, aussi haut que la tour ocre, en forme d'obus, qui domine le bordj.

Tandis que j'attache la jument au piquet destiné à cet usage, deux silhouettes féminines en maillot de bain s'encadrent dans la porte mauresque à double arrondi.

– On t'attendait, maman a téléphoné ! Heureusement, car je crois que je ne t'aurais pas reconnu : tu as tellement grandi !

Anne-Marie, la fée de mon enfance, m'embrasse. Je reconnais son odeur : parfum de tubéreuse sur sa peau tiède. Elle possède toujours ce don de certaines femmes exceptionnellement belles qui impressionnent et, aussitôt, mettent à l'aise. Elles ne renoncent pas à leur séduction. Elles l'offrent comme si ce n'était rien.

– Je n'oserais plus t'appeler « mon petit loup » et, encore moins, te savonner dans ton bain !

Elle rit et me présente la jeune fille qui l'accompagne :

– Christine, la fille de Xavier.

Christine m'accorde le bout de ses doigts et un regard de courtoisie minimale. On ne peut marquer d'emblée plus clairement qu'elle ne fera aucun effort d'amabilité en ma faveur. Ami de sa belle-mère, embarrassé du sentiment de mon infériorité, les aisselles transpirantes, je ne l'intéresse pas. Impossible d'envisager de lui plaire un jour. Cette fille distinguée et froide est hors de ma portée. Au mieux, dans des circonstances que je n'arrive pas à imaginer, je pourrais la violer et disparaître après ce forfait.

Presque un demi-siècle plus tard, la dernière fois que j'ai revu Christine, à Marseille, chez des amis communs, la superbe créature du bordj m'apparaîtra métamorphosée, par l'âge et la ruine de sa famille, en une autre personne. Les cheveux teints, le visage durci, les seins amollis sous un tee-shirt rose fluo incrusté de faux diamants, elle s'accrochera à moi pour me raconter, avec une impudeur hargneuse, que son mari l'a plaquée, la laissant sans ressources, « le salaud, après ce que j'ai fait pour lui et après tout ce que j'ai subi : la pauvre Karen complètement gâteuse, l'attaque cérébrale de papa, Anne-Marie que j'ai recueillie à la maison quand elle a eu son cancer… ». Elle semblait ne pas douter que je sois au courant du sort malheureux de ces gens, alors que je ne savais plus rien d'eux et qu'à la vérité je n'y pensais jamais, embarqué depuis tant d'années dans une autre vie, sans rapport avec celle d'autrefois, avant que l'Algérie coloniale ne sombre, engloutissant la splendeur des Steiger.

Anne-Marie m'annonce que Christine et elle vont s'allonger sur la plage. Elle m'invite à les rejoindre. Dans la salle de douche où le sable crisse sur le carrelage blanc, je choisis un maillot parmi ceux qui sont pliés dans un coffre d'osier à la disposition des invités.

Couchée en chien de fusil sous le parasol blanc, Christine feuillette des magazines. Anne-Marie bronze, allongée sur le dos, la nuque calée sur un coussin. Je m'assois près d'elle, les bras autour des genoux et tente, poliment, de lui faire la conversation.

Elle répond à mes questions avec une brièveté décourageante :

– De Paris, oui… Hier… Par avion, bien sûr… Le théâtre ? Épuisant ! Je suis venue ici pour ne plus y penser pendant quelques jours… Xavier ? Il a sorti le Riva après le déjeuner. Le moteur me cassait les oreilles. Il est allé faire son raffut derrière le cap…

Je finis par me taire. La jolie Christine n'a pas daigné lever sur moi ses lunettes de soleil. Je n'ai d'elle qu'un dos fragile, sa taille ployée, l'arrière de ses cuisses rondes, veinées de bleu. Je me sens bête et je m'ennuie. Au bout d'un moment, je me lève en annonçant que je vais donner à boire à la jument. Un ronronnement dans le lointain m'arrête. Sur la mer, la vedette d'acajou fonce vers nous entre deux gerbes d'eau.

— Papa revient, dit Christine sans bouger.

Le père Steiger m'a promis que son gendre me ferait faire du ski nautique et j'ai bien l'intention d'en faire. Je me dirige vers le rivage. En passant près de Christine, mon ombre glisse sur elle. Elle se retourne et me lance, enchaînant les deux phrases comme s'il y avait un rapport :

— « Ôte-toi de mon soleil. » Je déteste l'Algérie, je ne comprends pas comment on peut y vivre.

J'aimerais bien répliquer que je connais moi aussi l'histoire de Diogène dans son tonneau. Mais l'incongruité et la brutalité de sa déclaration me clouent le bec. Je me mets à courir à la rencontre du bateau qui approche à toute allure. Une main levée pour signaler ma présence à Xavier, je marche dans la mer jusqu'aux genoux afin de saisir la vedette dès qu'elle aura stoppé sa course. Mais elle avance toujours aussi vite. Debout derrière le volant, Xavier fixe devant lui des yeux hallucinés. Ou il est devenu fou ou le moteur s'est bloqué. S'il continue, il va fracasser la coque contre la plage. J'agite les deux bras, je hurle. Il ne semble ni me voir ni m'entendre. Ce n'est qu'à cinq mètres du rivage qu'il se décide à couper les gaz. Dans le silence soudain, le Riva glisse sur le sable et s'immobilise enfin, presque entièrement hors de l'eau. Xavier saute. Il a l'air terrifié. Je m'approche. Il s'accroche des deux mains à mes épaules et, d'une voix précipitée par l'émotion, me dit, comme on lâche au premier venu un aveu qu'on ne peut plus retenir :

— J'ai tué un homme, un pêcheur sous-marin. Il avait plongé, je ne l'ai pas vu, il est remonté sous le bateau. J'ai cru que j'avais heurté un bois flottant. Même quand j'ai vu le sang, je n'ai pas compris. Quand le corps est remonté, il n'y avait plus rien à faire. Je vais aller à la gendarmerie. Tu expliqueras à ma femme. Je ne peux pas leur parler, pas maintenant.

Il me tapote les épaules sans me regarder puis se détourne. Il monte vers le bordj, courant sur quelques mètres puis marchant comme un homme épuisé, puis se remettant à courir.

Anne-Marie et Christine n'avaient pas bougé. Anne-Marie croyait que Xavier allait chercher les skis nautiques. J'étais très secoué. Mes efforts pour leur annoncer le drame avec délicatesse ont été si maladroits qu'elles ont mis du temps à comprendre. Christine s'est mise à sangloter, le visage dans sa serviette de bain. Anne-Marie paraissait plutôt indignée qu'effondrée. Elle a voulu rejoindre Xavier pour aller avec lui à la gendarmerie. Mais lorsque nous sommes arrivés au bordj, il était déjà parti avec la Land Rover. Je me suis rhabillé dans la douche et j'ai attendu qu'elles redescendent de leurs chambres, rhabillées, elles aussi.

– J'ai téléphoné à papa, m'a dit Anne-Marie. Il s'en occupe et il nous envoie une voiture. Tu rentreras à la ferme avec nous.

J'ai répondu que je ne pouvais pas laisser la jument. De toute façon je préférais revenir à cheval.

Anne-Marie a haussé les épaules. Christine s'était assise sur les marches de la tour, le menton dans les mains. Tout le long du chemin, trottant vers la ferme, j'ai pensé au malheureux déchiqueté par l'hélice alors qu'il remontait à la surface.

En appui du bout de ses doigts osseux contre son bureau, M. Maguelon, notre professeur de latin-français, hésite, se balance sur ses talons puis relève la tête et nous annonce, tout à trac, que c'est son dernier cours. Il a demandé sa mutation en France. Un autre professeur le remplacera. Nos études ne seront pas perturbées. Il se tait, attrape sa serviette. Il va partir. Nos regards attachés sur lui par la surprise l'arrêtent. À nouveau, il hésite, se balance, finit par articuler : « Ce sont des raisons de santé qui me contraignent à vous quitter. » Il sort de la salle à grandes foulées raides.

Dans la cour, Solal me dit qu'il l'avait senti venir.
– Quoi ?
– La dépression nerveuse.
– Il t'a fait des confidences ?
– Tu imagines Maguelon faire des confidences ?
– À toi, pourquoi pas ? Il t'aimait bien.
– Il ne m'aimait pas plus que les autres. Il a cru, au début de l'année, que j'étais de son bord, du côté des opprimés méritants, parce que je n'avais pas des manières de bourgeois, que j'étais un bûcheur et, en

plus, que j'étais juif. Toi, tu lui as hérissé le poil au premier regard. Tu es né dans la bonne société, tu ne le caches pas, tu ne t'en vantes pas non plus. Tu t'en fous. C'est incompréhensible et impardonnable pour lui. Tu es un ennemi de classe. Moi, il a pu se faire des illusions. À la fin, c'est ça qui a complètement miné Maguelon : s'apercevoir que les pieds-noirs ne correspondent pas aux catégories qu'il a dans la tête, bien enfoncées, et que les pires colonialistes ce sont les petits blancs, les prolétaires et même les juifs qui sont, dans ses schémas, les premières victimes du racisme et qui devraient donc se ranger du côté des Arabes.

Lorsque Solal se livre à des analyses d'intellectuel, il affiche un air obtus. Les beaux parleurs sont mal vus chez les garçons algérois de notre âge. Son nez écrasé l'aide. Il lui suffit, pour compenser son vocabulaire et ses raisonnements de raisonneur, d'alourdir un peu plus sa mâchoire et de forcer sur l'accent pied-noir. Il termine en remontant son pantalon à deux mains.

Je le regarde jouer les gros balourds :

– Tu crois vraiment que Maguelon est aussi con que ça ? Mme Lazarini nous a dit que nous avions de la chance d'avoir un professeur aussi brillant, premier à Normale supérieure, premier à l'agrégation et promis à un grand avenir.

– Il n'est pas con, me répond Solal. L'Algérie l'a rendu malade.

Au cours suivant, Mme Lazarini, notre professeur de physique-chimie, la seule parmi les enseignants du lycée avec qui M. Maguelon entretenait des rapports amicaux, est assaillie de questions par les élèves qui ont pris au pied de la lettre l'excuse donnée par M. Maguelon. De quoi souffre-t-il?

Granger demande si c'est un cancer et s'il va mourir.

Elle le rassure. Ce n'est pas grave à ce point. Elle est visiblement embêtée. Pour tenter d'apaiser les inquiétudes, elle s'en tire par un maladroit: « M. Maguelon ne supportait plus le climat. »

Sa phrase provoque un soulagement rigolard. Comment quelqu'un de normalement constitué peut-il ne pas supporter notre climat?

Trente ans plus tard, au printemps 1985, j'ai revu Pierre Maguelon lors d'un colloque qui rassemblait des professeurs et des écrivains méditerranéens. Auréolé du prestige d'avoir été mis en prison pour son militantisme en faveur de l'indépendance de l'Algérie, il présidait les débats. Ses cheveux roux avaient blanchi, mais il avait conservé sa haute silhouette voûtée aux épaules. Il accueillait les hommages avec la bienveillance distraite des hommes timides, mais sûrs de leur valeur et habitués à la voir reconnaître. À cette époque, j'avais publié un roman sur la conquête du Sahara par les Français avant la guerre de 14. Il avait eu du succès et on en avait tiré un film qui avait eu aussi du succès. Je me suis présenté à Maguelon comme un de ses anciens élèves d'Alger. Il ne m'a pas reconnu et n'a pas fait le rapprochement entre ma personne et *Fort Saganne*, qu'il n'avait vraisemblablement pas lu, ni vu au cinéma. C'était, livre et film, des œuvres trop peu sérieuses pour qu'il s'y intéresse. Obéissant à des réflexes qui se déclenchaient lorsqu'on mentionnait l'Algérie, il s'est lancé dans le récit qu'il avait dû faire mille fois déjà, de son arrestation pour aide au FLN, puis, deux ans plus tard, de sa nomination à la Sorbonne. Ce retournement de situation semblait l'amuser, comme un épisode incongru, somme toute secondaire, d'une existence tout entière vouée au travail intellectuel. À force de répéter l'histoire qu'on attendait de lui, il avait perdu de vue combien elle était significative des errements d'une politique, qui, sur le terrain, avait entraîné tant de morts, et dans les esprits et les consciences tant de troubles.

J'ai demandé à Maguelon s'il retournait souvent en Algérie.

– J'y ai fait de nombreux séjours, à l'invitation des autorités, dans les années qui ont suivi l'accession du pays à la souveraineté. Mais, aujourd'hui, je suis *persona non grata*. J'ai publié des travaux sur saint Augustin, notre grand Berbère, qui n'ont pas eu l'heur de plaire à quelques sectateurs de l'islam, ignares et d'autant plus radicaux. Ils m'ont cantonné dans le rôle d'ami des Arabes et ne me pardonnent pas d'avoir constaté que, spirituellement parlant, le plus fécond fils de l'Algérie était un chrétien, et quel chrétien ! Que voulez-vous, personne n'y peut rien si Augustin est né avant le Prophète !

Il n'avait pas l'air autrement affecté par l'ingratitude de ceux pour lesquels il avait combattu. J'ai trouvé gentil de lui dire que les Algériens évolueraient. Un jour, ils écouteraient sur l'histoire complexe de leur pays ce qu'ils ne voulaient pas encore entendre et alors, certainement, ils l'inviteraient à nouveau.

– Je ne voyage plus guère, m'a-t-il répondu. Ça me fatigue trop… Le cœur…

Il a porté ses mains maigres sur sa poitrine. Elles tremblaient. Mais c'était seulement un effet de l'âge. Il s'est penché vers moi.

– Avez-vous quitté l'Algérie avant ou après l'indépendance, cher monsieur ?

– Bien avant, en 1957, après avoir passé mon bachot. Mais mes parents y sont restés jusqu'à l'indépendance.

– Et vous y êtes arrivé quand ?

– J'y suis né.

Il a relevé la tête. Il regardait au-dessus de la mienne, dans le vague.

– Pour ma part, j'y ai été nommé à peu près en même temps que Soustelle mais j'ai eu la sagesse de m'en dégager. Lui est resté et, voyez, ça l'a mené à l'OAS, au fascisme ! Alger, dans ces années, c'était très malsain pour l'intelligence.

Après le cours de Mme Lazarini, Solal et moi prenons le tram pour rentrer déjeuner, chacun chez soi. Nous ne parlons pas de Maguelon. Ce qu'il y avait à dire sur lui, mon camarade l'a dit. Puisqu'il nous quitte et que nous sommes persuadés que nous ne le reverrons jamais, il sort de notre intérêt. Je raconte à Solal le drame qui a coûté la vie au pêcheur sous-marin déchiqueté par le bateau du gendre des

Steiger. Il a eu lieu il y a plus d'une semaine mais, je ne sais pourquoi, je n'en ai pas parlé jusqu'alors. Solal me demande comment ça c'est terminé pour le meurtrier. Je lui réponds que d'après ce que je sais par ma grand-mère tout s'est arrangé.

— Ça veut dire quoi, « tout s'est arrangé » ?

— Je suppose que les gendarmes ont conclu à un accident et qu'on en est resté là.

— Normal, dit Solal.

Quelques minutes plus tard, alors que le tram approche de son arrêt, il revient à mon histoire par un autre biais.

— Ton tueur qui s'en est si bien tiré, a-t-il un rapport avec cette fille que tu as rencontrée mystérieusement sur la plage et qui t'a mis dans tous tes états ?

Je rougis.

Solal rigole :

— Avant, tu ne me parlais que de la Michelle qui t'a dragué à la piscine, depuis une semaine, tu ne me parles plus que de cette Parisienne qui t'en a mis plein la vue en disant qu'elle détestait l'Algérie.

Il me cherche. Je réagis.

— Au moins, je te parle ! Toi, sur tes histoires de gonzesses, tu la boucles !

— Y a rien à dire. Quand ça me travaillera trop, j'irai au bordel.

C'est à mon tour de rigoler. Je m'apprête à répliquer que je ne le crois pas. Il ne m'en laisse pas le temps.

— Je te donnerai l'adresse, me lance-t-il en s'apprêtant à sauter du tram. Ça t'évitera de te casser la tête avec tes amours de branleur.

Notre lycée porte le nom du maréchal Bugeaud pour honorer le sabreur qui a vaincu la smala d'Abd el-Kader, dans une charge à l'ancienne.

Cet épisode emblématique de la conquête est représenté dans nos livres d'histoire par un tableau où l'orientalisme sert de décor au panache triomphant des cavaliers français.

Après l'indépendance, les Algériens l'ont rebaptisé, logiquement, lycée Émir-Abd-el-Kader. Mais tout le monde continue de l'appeler le «Grand Lycée», comme mes camarades et moi le faisions au temps du colonialisme. Il est effectivement grand : une entrée monumentale, un escalier bordé de fresques, de lourds bâtiments à deux étages disposés en «U». Des galeries couvertes, percées d'arches, précèdent les salles de cours. La chapelle, surmontée d'un clocheton à horloge, est située au deuxième étage, face à l'entrée.

À la reprise des cours, au début d'après-midi, quand Solal et moi pénétrons dans la cour, les élèves qui s'y trouvent, d'habitude agités par des parties de foot, se tiennent immobiles, la tête levée vers la chapelle. L'abbé Sintès est accoudé au parapet. Sa soutane noire se détache sur le blanc du mur. Il est évident qu'il s'est placé là pour qu'on le voie. Cependant son attitude n'a rien de provocant : son regard est tranquille, ni crainte ni défi, comme si sa photo de traître n'avait pas paru dans les journaux, comme s'il ignorait la stupéfaction haineuse qu'il suscite chez les adolescents dont les regards sont braqués sur lui. Pourtant, il sait parfaitement ce qu'ils éprouvent. Aussi pied-noir qu'eux, il s'expose en connaissance intime de la situation.

Est-ce une épreuve qu'il s'impose ? Veut-il nous donner une leçon ? Mais laquelle ?

– Le con ! s'exclame Solal.

Sans rien dire d'autre, il se dirige à grands pas vers l'escalier qui monte à l'étage. Je le suis. Nous grimpons les marches. Il est probable que, sans Solal, je n'aurais pas bougé. Il est également probable que Solal n'aurait pas bougé non plus s'il n'avait su, sans avoir besoin de m'interroger, que je partageais son réflexe : on ne laisse pas seul un homme qui fait face quand on l'a admiré et aimé. Nous débouchons sur la galerie. L'abbé se tourne vers nous. Il nous tend la main. Nous la serrons l'un après l'autre. C'est un peu solennel. Nous avons tous trois conscience que, depuis la cour, les élèves nous observent. Je ne me souviens plus de ce que j'ai ressenti dans ces instants : sans doute, comme chaque fois que je suis mêlé à un événement marquant, de la curiosité et ce vague ébahissement de jouer un rôle dans la scène. Solal, en revanche, est très énervé. Il attaque d'emblée. De sa grosse voix, il déclare à Jean-Claude qu'il n'est absolument pas d'accord avec lui. Il le répète avec force :

— Je ne suis absolument pas d'accord avec ce que vous avez fait. Aider les gens qui nous tuent, c'est du vice. Aider les gens qui nous tuent, ce n'est pas humain !

L'abbé reçoit la diatribe avec un sourire d'ange aux douleurs. Il lève une main comme pour nous bénir. On dirait Jésus répandant la grâce sur deux crétins. Pour qui se prend-il, ce type brûlé d'orgueil, avec cet air d'agneau divin ? Je ne suis plus spectateur. Je cogne à mon tour :

— Vous avez la vocation du martyre, c'est ça ? Celui qui prend sur lui tous les péchés des pieds-noirs !

Il me jette un regard dur : condamnation brève et sans appel. Puis il reprend sa mine angélique :

— J'essaie seulement d'être fidèle à l'enseignement du Christ : « Tu aimeras ton prochain comme toi-même. »

Solal grogne :

— Ça, c'est de la branlette.

L'abbé ne daigne pas relever la provocation. Il poursuit :

— Je n'attends pas votre approbation ni votre compréhension. Plus tard, peut-être... Aujourd'hui, vous êtes venus à moi tous les deux et c'est ça qui compte. Je l'espérais sans oser y croire. Dites à vos camarades que je n'assurerai plus les cours d'instruction religieuse. L'archevêque, avec sagesse, m'a retiré cette charge...

Solal l'interrompt :

– Vous partez en France, vous aussi, comme Maguelon. Vous vous défilez ?

– Non, je continuerai de servir Dieu sur ma terre natale, au milieu de mes frères.

Il doit trouver qu'il charge trop son ton curé, car il ajoute, avec un clin d'œil de blagueur de Bab el-Oued :

– Ça va pas être une route bordée de roses !

Il nous tend la main. Solal d'abord, moi ensuite la serrons à nouveau, comme des sportifs qui saluent l'adversaire après le match. Puis nous dévalons l'escalier côte à côte, contents de nous, presque euphoriques. Notre conduite a été incontestablement la bonne : loyale mais ferme.

Nous n'avons plus revu l'abbé Sintès. La rumeur a prétendu qu'il était devenu le secrétaire de l'archevêque d'Alger, celui que les ultras surnommèrent, par mépris, Mohammed Duval. On a dit aussi, plus tard, qu'il avait jeté sa soutane aux orties pour se marier. J'ignore si c'est vrai.

L'abbé et le terne Maguelon nous avaient donc laissés en plan.

Une semaine plus tard, notre nouveau professeur de latin-français est arrivé. Nous avons tout de suite compris notre chance. Cet homme – je l'appellerai Marco – qui devait tant nous marquer, avoir tant d'importance pour Solal et pour moi, ne ressemblait à aucun des enseignants que nous avions connus jusqu'alors.

Nous attendions un débutant ou un vacataire tiré de la retraite. Ce n'était pas le cas. Marco nous a appris qu'il avait, depuis la rentrée de septembre, assuré les cours de khâgne au lycée Janson-de-Sailly. Mais il était très heureux d'avoir été nommé en Algérie. Nous ne nous sommes pas posé de questions sur cette surprenante mutation en milieu d'année scolaire.

Dès le premier cours, Marco nous a mis en éveil, tous, autant que nous étions, les bons élèves, les médiocres, les glandeurs bouchés aux raffinements intellectuels et fiers de l'être. En le voyant entrer dans notre salle, avec son chandail informe pendant sur son torse, sa serviette débordant de papiers et sa grosse figure de sénateur romain tombé dans la mouise, aucun de nous ne pouvait pourtant imaginer que, grâce à ce drôle de bonhomme, Rimbaud, Kafka, Faulkner et Proust deviendraient des sortes de camarades de cordée pour explorer le monde et, plus extraordinaire encore, que décortiquer les vers de Lucrèce serait bientôt la passion de notre petite collectivité. Son intelligence fusait tous azimuts. Il mettait sous tension en les rapprochant, comme deux fils électriques, les choses les plus banales, celles qui occupaient notre quotidien sans que nous y pensions, avec des considérations abstraites auxquelles nous pensions encore moins. Il passait, en deux phrases, des sandwichs à la soubressade à l'anorexie mystique de Simone Weil ou de la barbe de Granger, le plus je-m'en-foutiste d'entre nous, à Jean Racine.

– Hippolyte, comme toi, ne devait pas se raser tous les jours. C'est ce côté garçon négligé qui excitait Phèdre, dégoûtée par la vieille peau bien récurée de son mari.

Ce jaillissement de réflexions cocasses ou profondes, toujours inattendues, nous éclairait même quand nous ne comprenions pas les références de Marco. Parfois, à force de jongleries, il sortait des rails et se laissait entraîner à des discours tellement alambiqués que lui-même ne s'y retrouvait plus. «Là, il déconne», me disait Solal. Mais il le disait avec admiration.

À cinq heures, quand la cloche sonne la fin du cours, Marco appelle Granger qui se gratte les couilles au dernier rang. Il lui tend un billet :

– Va acheter des gâteaux arabes chez Aïssa. Fais gaffe qu'il ne t'en refile pas des rassis et revient fissa.

Marco grimpe sur sa chaise et de là sur son bureau. Il s'y assoit dans la position du lotus. Il replace soigneusement sur son crâne la mèche qui dissimule sa calvitie et ouvre le *De rerum natura* sur ses genoux. Deux heures durant, devant les makrouts posés près de lui dans du papier journal, il décrypte les vers de Lucrèce. Compare le matérialisme du poète antique à celui de Marx. Rapproche sa conception de la matière de la physique quantique. Il fait un sort à chaque verbe, chaque ablatif, chaque génitif, cite des utilisations semblables ou contraires chez d'autres auteurs. La grammaire latine que nous subissons depuis la sixième comme une corvée devient un terrain où les exceptions prennent à contre-pied les règles, où des avancées subtiles se concluent par un imparable ablatif absolu. Lucrèce est vivant parmi nous. Un datif incongru surgit, Marco, la bouche pleine de semoule et de miel, l'extrait avec une minutie d'archéologue et nous le donne à admirer. Souvent, en deux heures, notre professeur n'a le temps que de passer au crible deux vers.

Il replace sur son crâne sa mèche qui a glissé et les relit, articulant chaque syllabe, battant la cadence d'un doigt. Nous restons stupéfaits que si peu de mots d'une langue morte contiennent tant de richesses et éblouis d'y avoir accès.

La nuit est tombée. On ne s'en est pas rendu compte. Toutes les classes sont éteintes et vides. Marco renfile ses mocassins et saute de son bureau. Des miettes de makrout se sont accrochées dans les mailles de son pull-over marron. Il éponge son front qui transpire et regarde sa montre.

– Merde, j'avais un rendez-vous !

Nous nous bousculons derrière lui pour sortir. Le concierge, qui a déjà fermé la porte du lycée, râle pour la rouvrir. Marco fonce vers la rue Bab-Azoun en balançant à bout de bras sa serviette mal fermée.

Dès ses premiers cours, pour nous rendre proche le latin, il nous a longuement parlé de la période où l'Afrique du Nord faisait partie de l'Empire romain. Il a comparé les burnous d'aujourd'hui aux toges de l'Antiquité, disserté sur la civilisation de l'huile d'olive, mère de la démocratie, évoqué les routes pavées par les légionnaires sur lesquelles on circule encore et les ruines qui, partout au Maghreb, témoignent d'un passé encore inscrit dans notre terre. Il nous a exposé les principes de la *pax romana*, quand chaque habitant né dans l'Empire pouvait accéder à la citoyenneté. Il nous a appris que l'Algérie avait donné trois empereurs à Rome.

Dans le tramway qui me ramène chez moi, la tête échauffée par les récits de Marco, je me rêve Romain d'Afrique.

Quel soulagement, si tous ici, Arabes, Berbères, Juifs, Européens que je vois se croiser sur les trottoirs de la rue d'Isly, étaient comme autrefois des citoyens égaux par le droit, unis par la langue latine.

Lorsque je descends du tram devant chez moi, c'est-à-dire devant la librairie «Les Vraies Richesses» qui occupe le rez-de-chaussée de mon immeuble, entre la parfumerie où Zoé achète les produits Guerlain et la boutique de l'antiquaire efféminé qu'elle aime beaucoup et qu'elle surnomme «ma petite tapette», un livre semble m'attendre. Il est sans doute en vitrine depuis plusieurs jours, mais c'est aujourd'hui que son titre me frappe : *L'Afrique romaine*. La couverture est ornée de la photographie pleine page d'un temple : cinq colonnes et un fronton dressés sur fond de mer, bleu intense. Un olivier est enraciné dans la pierre. Des asphodèles et des acanthes ont poussé dans les creux, à l'abri des embruns. En la regardant, je m'émeus, je m'exalte. La Méditerranée dont le temple semble jaillir, que les Anciens appelaient *mare nostrum*, notre mer, c'est la mienne, c'est la nôtre. Par elle, je suis le frère, nous sommes les frères, de tous ceux qui sont nés et naîtront près d'elle. Quand la guerre qui s'est déclenchée sur sa rive algérienne prendra fin, elle effacera ses traces. Tout sera à nouveau harmonieux et tranquille, comme sur la photo. C'est du moins ce que je me dis, ce que je veux croire. Naturellement, c'est stupide. Je le sais. Considérer les choses avec ce détachement, me placer en surplomb, et donc en retrait d'affrontements dont je suis, que je le veuille ou non, un acteur, rangé par ma naissance dans le rang des colonialistes, n'a pas de sens. C'est une fuite, une lâcheté. Mais je passe outre : ça me fait du bien.

– Entre donc, va lui dire bonjour, au lieu de rester planté là à le reluquer derrière la vitre.

Je n'ai pas besoin de me retourner pour savoir qui vient de m'interpeller. J'ai reconnu immédiatement la voix de Michelle. Je rougis, je bafouille :
– Ça va ? Je regardais le livre.
Mon embarras la fait rire.
– Mais tu l'as reconnu quand même ! Celui qui est assis…

Mon regard suit la direction qu'elle m'indique. Au fond de la boutique, trois hommes discutent. Absorbé par *L'Afrique romaine*, je ne les avais pas vus. Je distingue Edmond Charlot, le propriétaire de la librairie. C'est un ami de Suzanne. Par elle, je sais qu'il a été pendant et après la guerre un grand éditeur. Quand sa maison a fait faillite, il a ouvert « Les Vraies Richesses ». L'homme qui se tient près de lui m'est inconnu. En revanche, la silhouette et le visage de celui qui est assis sur un tabouret, en gabardine…
– Mais oui, c'est lui ! me dit Michelle. Albert Camus en chair et en os ! Viens ! Charlot nous présentera.

Je réponds que non, je ne veux pas, je n'aime pas déranger les gens. Elle se moque de ma timidité.
– Tu n'es pas obligé de te jeter sur lui…

Elle n'ajoute pas « comme tu t'es jeté sur moi », probablement parce qu'elle ne pense pas, à cet instant, à mon plongeon ridicule dans sa baignoire. Mais moi, j'y pense. Je coupe court par un malencontreux : « Il est tard, je dois rentrer chez moi » qui, j'en prends conscience en le prononçant, m'enfonce dans mon personnage de petit garçon. D'ailleurs, ça fait sourire Michelle. Je lui dis au revoir et je m'éloigne.

Au moment où je vais pénétrer dans mon immeuble, j'aperçois Marco qui traverse la rue Michelet et se dirige droit vers la librairie où Michelle est entrée. Se connaissent-ils ? Ont-ils rendez-vous avec Camus chez Charlot ? J'ai l'impression qu'il se passe des choses qui m'échappent. En vérité, arrêté, mon cartable sous le bras, je suis traversé par la certitude d'être un exclu de la vraie vie, un rêveur, un môme, un puceau à qui tout ce qui est important échappe.

Le vendredi matin, Solal me dit qu'il a réfléchi et qu'il refuse d'aller nager à la piscine de l'ARC. « Laissons les antisémites entre eux. » Je n'insiste pas. Ça m'arrange : je n'ai pas envie de croiser Michelle. Nous demandons au passeur de nous déposer sur ce qu'on appelle « les blocs », c'est-à-dire les cubes de ciment entassés contre la jetée du port, côté mer. Nous nous asseyons pour retirer nos pantalons. Ce n'est pas pratique, mais, en nous déshabillant debout, nous nous exposerions à poil. Sautillant sur son derrière pour enfiler son maillot, Solal tend le menton vers la baie :

– Regarde qui est là !

À cent mètres, un nageur revient du large en crawlant. Aucun doute, c'est Marco. De temps en temps, il lève la tête pour évaluer la distance qui le sépare de l'échelle scellée dans le béton qui permet de se hisser hors de l'eau. Sa mèche lui pend à travers la figure. La houle est forte, avec des renflements et des creux qui, tour à tour, recouvrent et découvrent entièrement les barreaux de fer rouillés. Nous le regardons, curieux de voir comment il va s'y prendre, un peu inquiets pour lui : à la fraction de seconde près la mer vous porte ou, si vous avez mal calculé votre coup, vous projette contre les blocs. Il termine son approche à la brasse, se laisse soulever par le flux et s'accroche à l'échelle des deux mains, juste à l'instant du reflux.

Ça paraît facile. Solal et moi savons que ça ne l'est pas. Marco, visiblement, connaît la manœuvre. Malgré son gros ventre, il l'accomplit avec la légèreté que donne une parfaite coordination des gestes.

– Il est bon ! dit Solal. Si je ne l'avais pas vu, je ne l'aurais pas cru. Où a-t-il appris ça ? Sûrement pas au Café de Flore !

La surprise que Solal exprime est aussi la mienne. Son allusion au Café de Flore montre qu'il nous vient en tête les mêmes choses en regardant notre professeur escalader les barreaux. En classe, il nous parle souvent de Sartre et de celle qu'il nomme « le Castor », au hasard d'anecdotes qu'il nous raconte avec la familiarité d'un intime du couple. Il ne se vante pas de cette amitié prestigieuse dont, d'ailleurs, il ne nous a jamais fait le récit complet. Mais il est clair qu'il a partagé leur vie, au Havre, à Paris, au cours de voyages. En lisant, plus tard, les Mémoires de Simone de Beauvoir, j'en aurai confirmation. Pour Solal et moi, lycéens pieds-noirs, naïfs et sérieux, les intellectuels parisiens appartiennent à une autre espèce que nous. Comment imaginer Sartre et Beauvoir se baignant dans la baie d'Alger ? Ils travaillent dans les bibliothèques, passent leurs jours et leurs nuits à écrire ou à discuter fiévreusement dans les cafés.

L'aisance que vient de montrer notre professeur à se jouer de la mer, exactement comme nous, nous bluffe. Marco est décidément inclassable, mystérieux, épatant. Le plus épatant, c'est que chaque facette qu'il découvre lui convient. Il joue juste toutes les partitions. Il est aussi naturel lorsqu'il disserte sur Proust que lorsqu'il enjambe le haut de l'échelle, dégoulinant d'eau. Il s'approche de ses vêtements qu'il a laissés en tas, se sèche vite fait, met son pantalon de velours côtelé par-dessus le caleçon pendouillant qui lui sert de maillot. Puis, sautillant d'un pied sur l'autre, il enfile ses mocassins qu'il porte sans chaussettes. Il nous a forcément vus qui l'observons, assis côte à côte, à vingt mètres de lui. Nous attendons qu'il vienne nous dire bonjour. Mais il s'éloigne sans un regard, sa serviette éponge trempée sur l'épaule. Solal est offusqué.

– Pourquoi il part comme ça ?

Je défends Marco : c'est un professeur génial ; au lycée, il nous donne tout ; loin du lycée, il ne nous doit rien. C'est son droit de nous ignorer. Solal n'est pas convaincu.

– Il est malpoli et c'est tout.

Je hausse les épaules.

– Il est libre. Il fait ce qu'il veut. Nous, on est venus se baigner, alors on se baigne.

Il y a une quinzaine de jours, Marco nous a enjoint de lire Proust.

– Si vous n'avez pas d'argent pour acheter *À la recherche du temps perdu*, volez-le !

Il s'est interrompu, se rendant compte que cet encouragement au vol nécessitait une justification :

– Voler des livres, c'est aussi légitime que de voler de la nourriture quand on a faim. Je l'ai fait quand j'étais étudiant et que je n'avais pas de sous… Si vous ne trouvez pas Proust dans les librairies ordinaires, allez aux «Vraies Richesses». Edmond Charlot l'a sûrement. Mais lui, ne le volez pas. Il vous le prêtera. C'est le plus désintéressé des hommes. À Alger, les vraies richesses, c'est chez lui qu'elles sont.

J'ai raconté ça à Zoé. Elle s'est aussitôt précipitée chez Charlot et m'a rapporté, triomphante, les volumes de l'édition Gallimard. Dans la foulée, elle a invité Suzanne à déjeuner pour qu'elle me parle de Proust.

Lorsque j'arrive ce samedi, Suzanne n'est pas encore arrivée. Sous le portrait en pied de l'aïeul ami de Napoléon III – moustache, redingote, gilet brodé –, Zoubida, la petite brodeuse de ma grand-mère, que j'ai croisée quatre ou cinq fois et que j'ai toujours vue réservée, est secouée de rire. Zoé aussi. Elle m'explique qu'elle a, par distraction, envoyé à Zoubida une lettre destinée à son fils, mon oncle Philippe qui vit à Madrid où il a, comme le dit ma grand-mère, une «grosse situation». Elle me montre cette lettre que Zoubida tient dans la main.

– Lis-la! lui dit-elle, qu'il rie aussi.

Zoubida hésite. Ma présence l'intimide. Hilare quand je suis entré, enfoncée dans son fauteuil, elle s'est redressée et raidie. Sa robe d'orpheline, grise et trop longue, pend sur ses tibias. Sauf qu'elle brode les nappes que ma grand-mère dessine et qu'elle a été élevée chez les sœurs blanches de Notre-Dame d'Afrique, je ne sais rien de cette jeune fille. Il ne m'est jamais venu à l'esprit de lui demander où elle habite, si elle a de la famille à Alger ou dans le bled, à quoi elle s'intéresse. C'est une ombre en marge de ma vie. Zoé la bouscule :

— Ne fais pas ta mijaurée, Zouzou. C'est mon petit-fils !

Zoubida se décide enfin et lit : « Mon grand chéri, envoie-moi un petit million. Pour toi, ce n'est pas grand-chose et je n'ai plus rien d'un peu joli à me mettre. Tu connais ma devise : "Rien à la banque, tout sur le dos." »

Je ris de bon cœur. Zoé pleure de rire. Zoubida nous regarde en souriant, aimablement complice. Avoir reçu cette lettre incongrue l'amuse certainement. Mais qu'en pense-t-elle ? C'est le genre de question que ma grand-mère ne se pose pas. Elle se montre à tous comme elle est, sans éprouver le besoin de se justifier. Elle tomberait de son haut si je lui faisais remarquer que Zoubida trouve sans doute choquant qu'elle réclame un million, même « petit », pour satisfaire sa coquetterie.

— Et ce n'est pas tout ! s'écrie Zoé, la lettre destinée à Zoubida, je l'ai envoyée à Philippe. Quand tu as sonné, Zouzou et moi on l'imaginait dans son bureau de directeur, en train de lire : « Ma petite Zoubida, pour les tiges des liserons de la nappe des Steiger, il faut prendre le coton vert n° 33 et pas le 35 qui tire trop sur le jaune. Passe à la mercerie de la rue Édith-Cavell et fais l'échange… »

Nous rions encore. Trois coups de sonnette retentissent. Je vais ouvrir à Suzanne qui entre en trombe.

– Alors, il paraît que tu t'intéresses à Proust ! Je te croyais plutôt chasse sous-marine ! Et le pauvre Marcel, frileux et asthmatique, il n'a jamais pris un bain de mer !

Que Suzanne me traite en inculte ne me froisse pas. Elle défend sa position de seule intellectuelle de la famille. Cependant je suis content de pouvoir répliquer, grâce aux cours de Marco :

– À Balbec, avec les jeunes filles, il a dû en prendre !

Suzanne, qui farfouille dans son sac en raphia à la recherche de ses lunettes, lève le nez :

– Penses-tu ! D'abord Balbec, c'est l'océan. Les seuls vrais bains de mer, c'est en Méditerranée !

Zoé et Zoubida nous rejoignent dans l'entrée. La petite brodeuse nous dit au revoir et s'en va. Zoé se dirige vers la cuisine :

– Allez bavarder. Je prépare l'omelette.

Suzanne met du temps à s'installer sur le lit qui sert de canapé dans le living-room de ma grand-mère. Elle tire deux coussins derrière son dos, en rejette un, ramène une jambe sous elle, allonge l'autre, change de jambe. Ses sandales à lanières découvrent les ongles de ses orteils tachés de brun et mal coupés. Un des axiomes de Zoé c'est qu'une femme, surtout âgée, doit avoir des mains et des pieds impeccables. Une fois par semaine, j'ai souvent assisté à l'opération, elle déploie son petit matériel – cuvette d'eau chaude savonneuse, huile d'amande douce, pinces, limes, repoussoir à peaux, polissoir – et s'absorbe dans le soin minutieux de ses ongles. Mais Zoé c'est Zoé. Suzanne a d'autres qualités.

– À quoi tu rêves? me demande Suzanne qui a enfin trouvé sa place.

Je suis tenté de lui répondre: à Tchekhov. La veille, Solal m'a dit, après notre bain sur les blocs, que la morale d'écrivain de Tchekhov était: «Je ne condamne personne, je n'absous personne.»

Mon camarade a ajouté:

– Je ne condamne personne, je n'absous personne, c'est une devise pour toi. Mais toi, dans la vie.

Ce n'était pas un compliment qu'il m'adressait.

Mais je m'abstiens de citer Tchekhov. Expliquer à Suzanne pourquoi je pense à lui serait trop long et j'ai suffisamment fait le malin en mentionnant Balbec et les jeunes filles de Proust.

– Alors, dis-moi, tu lis *La Recherche* pour le plaisir ou tu as une dissertation à rendre? Parce que Proust, c'est immense, c'est une cathédrale, c'est un continent!

En mangeant l'omelette de Zoé, Suzanne m'explique le mécanisme du temps retrouvé grâce aux sensations qui, dans l'instant où on les éprouve, vous transportent dans le monde où on les a autrefois éprouvées:

– C'est le coup de la madeleine trempée dans le thé! Dans le thé ou dans la tisane? J'ai un trou. Tu vérifieras!

Elle me parle de la jalousie, seul révélateur de l'amour, ou même seule forme de l'amour selon Proust.

– C'était un grand névrosé, ne l'oublions jamais.

Elle décrit la jeune Albertine, adorée par le narrateur et donc enfermée par lui.

– Elle s'échappe, naturellement, Proust est névrosé mais réaliste, il sait bien comment ça se passe.

Elle s'étend sur l'esprit des Guermantes :

– ... dont la duchesse est la plus brillante dépositaire mais qu'on retrouve, à un degré moindre, chez tous les membres de la famille. C'est un héritage, la marque d'une appartenance, le passé inscrit en chacun de nous, dont personne ne se débarrasse.

Elle insiste surtout sur ce qu'elle appelle, cherchant ses mots, « le fantastique social » chez Proust, « les surprises », les « révélations ».

– Les gens ne sont jamais exactement comme on croit. Ils sont tous à plusieurs fonds, insaisissables.

Je ne comprends pas très bien. Je lui demande des exemples.

– Il y en a mille ! Le duc de Guermantes, homme d'ordre, catholique et de droite qui, en douce, fait dire des messes pour Dreyfus ; Mme Verdurin qui méprise les nobles et finit par épouser le prince de Guermantes ; Charlus, grand seigneur qui occupe la première place dans les salons mondains, mais qui est aussi à tu et à toi avec des marlous, et l'amant du tailleur Jupien. Ça, c'est l'homosexualité, le vice comme dit Proust, qui mélange les riches et les pauvres. On présente toujours Proust comme un écrivain éthéré. Moi je te le dis : c'est un féroce.

Zoé trouve bien longues les analyses littéraires de sa cousine. Elle a cessé d'écouter. Pour la ramener à elle, Suzanne, qui commence elle aussi à en avoir assez de m'instruire, finit par les cris de Paris, ceux que poussent les marchands pour attirer les chalands et que le narrateur entend, couché dans son lit. En épluchant une mandarine, elle imite le cri de la poissonnière :

– « Ah, le homard, ah la sale bête, elle a du poil aux pattes et le nez en trompette ! »

Ça fait rire Zoé :

– Mais dis donc, il est comique votre Proust !

– Très comique, dit Suzanne qui saute sur l'interruption de ma grand-mère pour changer de sujet. Celui qui n'est pas comique, c'est Bob Toufik. Il refuse de participer au truc de Camus sur la trêve civile. Tu sais ce qu'il a eu le culot de me dire : « Je suis citoyen britannique, ça ne me concerne pas. » Je lui ai rappelé que si sa mère est anglaise – elle s'en vante assez –, son père est né à Ghardaïa. Le roi de la datte tant qu'on voudra, aussi riche que Blachette, mais mozabite !

– Oui, mais c'est tellement ancien, leur mariage, dit Zoé.

– Je ne vois pas ce que ça change ! réplique Suzanne. C'est pitoyable ! Bob renie son père. C'est un invertébré !

– Suzanne, tu n'as pas dit ça à ce pauvre Bob ? Il t'adore.

– Si, je le lui ai dit : « Invertébré ! » Et je suis partie en claquant la porte.

– Avec ton caractère de cochon, tu finiras sans un ami et tu l'auras bien cherché !

Zoé se penche vers sa cousine :

– Tu as de la mandarine entre les dents !...

Le téléphone sonne. Zoé se précipite. Nous l'entendons répondre :

— Bien sûr ! Ça lui fera sûrement plaisir. Et je t'amène aussi Suzanne, elle déjeune avec nous.

Elle revient nous annoncer que Bibi Yturri-Moréno nous attend.

Suzanne dépose la peau de mandarine sur le bord de son assiette et déclare qu'elle n'ira pas chez cette toquée. Ma grand-mère se récrie : son amie Bibi n'est pas « toquée », en tout cas pas plus « toquée » que Suzanne.

Celle-ci s'indigne que sa cousine la compare à cette écervelée qui n'a jamais pensé qu'à s'amuser en se faisant entretenir par des richards et qui continue, à un âge où elle ferait mieux de dételer.

— Bibi ne dételera jamais, dit Zoé. Elle se fiche qu'on la traite de ci ou de ça. Elle se fiche qu'on la trouve ridicule ou toquée, comme tu dis. C'est une marginale, une irrégulière. Comme toi ! Dans un genre complètement différent, soit ! Mais comme toi. C'est pour ça que je vous aime toutes les deux !

Suzanne est touchée.

— Moi, j'ai une conscience, murmure-t-elle avec une voix de petite fille, Bibi est égoïste.

— Oui, dit Zoé, mais là, elle est toute secouée, ma pauvre Bibi ! Xavier, son fils, a tué un pêcheur avec son bateau.

Suzanne sursaute.

— C'est horrible ! Et tu voudrais me traîner jusqu'à Saint-Eugène pour consoler la mère de cet assassin !

— Xavier ne l'a pas fait exprès ! D'ailleurs il a été très bien : il a été voir la veuve, il va payer les études des enfants jusqu'à leur majorité.

– Non, je n'irai pas, dit Suzanne. Ces gens m'exaspèrent !

Zoé pointe son doigt vers moi.

– En tout cas, toi tu viens ! Bibi tient à te remercier.

Je me demande de quoi l'amie de ma grand-mère veut me remercier, mais je me lève, prêt à partir. Bibi est la grand-mère de Christine. Tout ce qui concerne Christine m'intéresse. Solal a vu juste : cette Parisienne si jolie et si distinguée m'en a mis plein la vue. J'ai rêvé d'elle à deux reprises : la première fois, je la forçais bestialement dans la douche du bordj ; la seconde, je l'épousais.

Saint-Eugène est l'un des villages qui se succèdent le long de la corniche, au-delà du port. Si j'en crois les récits de ma grand-mère, les gens chic qui depuis ont émigré vers les hauteurs d'El-Biar et d'Hydra y possédaient, avant la guerre de 14, de belles résidences dont les jardins descendaient jusqu'à la mer. Ça a beaucoup changé. Les propriétés, morcelées, ont été vendues. Des artisans ont installé leurs ateliers. De petites maisons de tous les styles s'entassent de part et d'autre de la route où circule un flot ininterrompu de voitures, de motos, d'autobus, de camionnettes. Çà et là il reste des terrains inoccupés, clos par de vieux grillages.

Bibi qui, comme l'a dit Zoé à Suzanne, est une irrégulière, y a acheté et fait aménager, grâce à la fortune de l'homme d'affaires suisse qu'elle avait épousé avant la guerre et dont elle a divorcé très vite, une grosse baraque vaguement normande, avec des verrières en losanges multicolores, une véranda pour sa collection de cactus, des balcons soutenus par des poutres peintes en rouge sombre. Un parc, laissé volontairement à l'abandon, la protège. De la maison, on n'entend que le bruit de la mer et le vent dans les palmiers.

Quand Zoé et moi arrivons, Bibi prend un bain de soleil sur le rocher qui lui sert de plage privée. Couchée sur le dos, elle est entièrement nue.

– Habille-toi ! crie Zoé.

Bibi se redresse, la main en visière. Elle porte un turban blanc. Elle n'a pas de sourcils, elle a tout épilé. Son visage est hâlé et fripé comme celui d'un vieil Indien de western. Elle glousse.

– Si c'est pour le môme, il en verra d'autres !

J'essaie de ne pas rougir, de ne pas cacher ma gêne par des sourires bêtes, bref de rester aussi naturel que l'est cette dame à poil.

– Au moins, mets une serviette ! crie Zoé.

Bibi me lance une œillade.

– Tu as peur que ma vieille peau le rende pédéraste !

Elle remonte autour de ses épaules la serviette sur laquelle elle est assise.

– Maintenant que ta grand-mère est rassurée, viens me donner un bécot, mon chou !

Elle parle comme elle rit, avec des roucoulements rauques de grande fumeuse. Je l'embrasse. Son abattage et ses yeux verts de star de cinéma m'impressionnent.

– Tu as été formidable avec Xavier, mon chou. Sans toi, le jour du drame, il aurait perdu les pédales. Ma petite Christine m'a tout raconté.

Elle se tourne vers Zoé et répète :
– Il a été formidable, ton petit gars !

Je proteste que je n'ai absolument rien fait. Bibi me tapote la joue avec un sourire incrédule. Elle me traite de faux modeste. C'est ridicule. Je répète que je n'ai rien fait. J'étais sur la plage par hasard quand Xavier a abordé. J'ai juste prévenu Anne-Marie et Christine de ce qui s'était passé et je suis reparti à la ferme sans m'occuper d'elles, pour ne pas abandonner le cheval.

Bibi enfonce une cigarette dans son fume-cigarette, l'allume avec un briquet doré, creuse les joues pour aspirer et souffle la fumée vers moi.
– Merci, mon chou.

Zoé intervient :
– Ça a dû être un coup terrible, ce drame !
– Quand Anne-Marie m'a téléphoné, je n'ai rien compris, dit Bibi. Je ne voulais pas y croire. J'étais furieuse contre Xavier ! Et ce pauvre type découpé en rondelles...

Elle tire sur son fume-cigarette plusieurs fois à la suite, puis elle l'agite devant elle comme pour chasser ses pensées sombres. Son regard dur se fixe sur moi.

– Tu sais à qui il me fait penser, ton petit gars ? À Charlie ! Tu te souviens de Charlie aux bains Padovani ? On l'appelait « Saut de l'ange » ! Au lieu de s'intéresser à nous, il n'arrêtait pas de grimper au plongeoir : vrilles, sauts périlleux, coups de pied à la lune, sauts de l'ange ! Un acrobate, mais timide comme une violette ! Ça ne l'empêchait pas de me coincer dans les cabines ! Je le cherchais un peu, faut dire ! Il me plaisait bien avec son maillot à bretelles ! La laine me piquait les cuisses. Je le sens encore.

Zoé la coupe :

– Pauvre Charlie, lui aussi est mort sans rien comprendre !

– Pourquoi dis-tu sans rien comprendre ? Il s'était engagé !

– Comment le sais-tu ?

– Parce que j'ai couché avec lui ! dit Bibi. Il partait se battre. Il avait dix-huit ans, il méritait bien ça !

Zoé n'en revient pas :

– Tu as couché avec « Saut de l'ange » ?

Elles vont repartir dans leurs souvenirs. C'est le fond habituel de leurs conversations : la guerre de 14 qu'elles voudraient oublier et qu'elles n'oublient pas – leurs amis, leurs fiancés, leurs maris y sont morts –, les bals costumés de la Croix-Rouge, les pique-niques dans les ruines romaines de Tipaza, les régates à l'Amirauté, qui a failli épouser qui, qui s'est marié à qui, qui a trompé qui avec qui. Ça m'ennuie. Je vais m'asseoir à l'écart, je regarde la baie, les barques où les retraités pêchent à la palangrotte, un voilier qui monte au vent, les mouettes dans le ciel, guettant les poissons et les débris rejetés par les égouts, qu'elles arrachent du bec en effleurant la surface de la mer. Lorsque Zoé et Bibi remontent à la maison pour le thé, je préfère rester sur le rocher. Je m'allonge et m'endors à moitié.

Le bruit d'un moteur me réveille. Je me retourne et je vois, je n'en crois pas mes yeux, Marco qui descend d'une moto rouge. Il la cale sur la béquille. L'apercevoir, l'autre jour, rejoindre Michelle Léonardi dans la librairie de Charlot m'a déjà mis en alerte. Pourtant, à la réflexion, il n'y aurait rien eu d'extraordinaire à ce qu'ils se soient connus en achetant des livres aux «Vraies Richesses». D'ailleurs c'est peut-être moi qui ai imaginé, par jalousie névrotique, comme Proust, une relation entre mon professeur et la fille devant laquelle je me suis comporté comme le plus piteux des amoureux.

Mais découvrir Marco, l'exégète de Lucrèce, l'ami de Sartre et Beauvoir, l'intellectuel de gauche, dans le jardin de Bibi Yturri-Moréno… c'est bien réel, je ne rêve pas, je suis ahuri de ce rapprochement.

Marco semble trouver tout naturel de me rencontrer là. Il me serre la main («Ça va?), montre la baie («C'est superbe») et me laisse («Je vais embrasser Bibi. Comme elle a dû vous le dire, nous sommes nés tous les deux à Sidi-bel-Abbès»).

Non, elle ne m'a rien dit, ni à moi ni à ma grand-mère. Si Bibi avait appris à Zoé que Marco, apparemment son ami d'enfance, avait été nommé au lycée Bugeaud, Zoé me l'aurait aussitôt répété.

Pendant un quart d'heure, je me demande si je dois aller les rejoindre ou ruminer seul, en essayant de me représenter Bibi et Marco, enfants à Sidi-bel-Abbès, siège de la Légion étrangère. J'hésite encore quand Bibi, en djellaba rose, paraît sur le seuil, flanquée de Marco et Zoé.

– Mon chou, me crie-t-elle, viens m'embrasser, vous partez!

Je vais l'embrasser. Elle me serre contre elle et me remercie encore une fois de ce que j'ai fait pour Xavier.

Marco me tape sur l'épaule. Il est décidément très à l'aise dans ce que Suzanne, au déjeuner, a nommé le « fantastique social ».

Surgir où on ne l'attend pas ne semble pas l'embarrasser. C'est moi que ça trouble. Marco, plus que tout autre, prend à revers ma propension à cataloguer les gens, à les réduire à ce qu'ils montrent, à me faire d'eux une image à une seule dimension. Encore ne suis-je pas au bout de mes surprises. Marco m'en réserve d'autres. À ce moment, je ne le sais pas. Pourtant je pressens qu'il a des secrets plus surprenants qu'une amitié d'enfance avec Bibi. Peut-être est-ce cela qui le rend fascinant pour moi et pour mes camarades de classe ? Il nous tient en éveil parce qu'il échappe aux catégories. Complexe, contradictoire, à double ou triple fond, il casse nos certitudes, ébranle la rigidité de nos jugements sur les gens et le monde. Il ne nous fournit pas des bagages pour affronter la vie avec efficacité. Il fait mieux : il nous fait aimer Proust.

Zoé et moi nous éloignons sur le chemin qui serpente dans la jungle du parc. Arrivés à la grille, nous nous retournons. Bibi et Marco se tiennent accolés, le bras de l'un glissé derrière la taille de l'autre. Sous le porche au toit en pagode, ils ressemblent à un couple de santons, elle langoureuse, lui massif. Ils nous adressent des signes d'au revoir.

Dans l'autobus qui nous ramène en ville, j'attends que Zoé commente la rencontre avec mon professeur. Mais elle se tait. Quand je l'interroge, elle me répond qu'elle l'a trouvé intelligent. J'insiste : Bibi lui avait-elle déjà parlé de Marco ?

– Non. Elle ne parle jamais de Sidi-bel-Abbès. Même au pensionnat quand nous avions quinze ans, elle n'en parlait pas. Elle n'a pas dû avoir une enfance agréable et ton professeur non plus, je suppose.

Marco est souvent en retard. Lorsqu'il tarde trop, nous entrons dans la classe pour éviter que le surveillant général ne vienne demander pourquoi nous traînons dans la cour sans professeur. Il n'aime pas Marco. Nous le protégeons.

Ce matin-là, l'attente se prolonge. Au bout d'une vingtaine de minutes, ça se met à discutailler entre ceux qui veulent se tirer – nous avons cours avec Marco de dix heures à midi et rien après – et les inquiets qui préfèrent patienter. Quand Marco ouvre enfin la porte, le silence se fait d'un coup. Chaque élève, toute la classe, a saisi immédiatement que quelque chose d'inhabituel lui est arrivé. Il marche vers l'estrade en respirant bruyamment puis, comme pris de fatigue, s'arrête devant le tableau.

– Je suppose que vous connaissez tous de nom le président Steiger.

Au fond de la classe, Granger lève son grand bras.
– Non ! Qui c'est ?

Marco remonte sa mèche.
– Il était le porte-parole des colons. Il symbolisait l'Algérie française. Il vient d'être abattu, avec son chauffeur, en quittant sa propriété d'Aïn-Taya.

Aucun de mes camarades n'a, comme moi, des raisons personnelles d'être affecté par l'assassinat d'André Steiger. Ils lisent chaque jour dans les journaux que le FLN a tué des gens et n'auraient pas attaché d'importance particulière à cet attentat sans les explications de Marco. Mais son air accablé qui lui ressemble si peu, la gravité de son ton ont impressionné tout le monde, moi compris. Du coup, l'émotion que je devrais éprouver est comme suspendue.

Marco a posé sa serviette sur le bureau. Granger l'interpelle à nouveau.

– Comment vous le savez ? Vous le connaissiez ?

– Une personne de sa famille m'a téléphoné, répond Marco.

Il fait un signe avec son index. Il faut un coup de coude de Solal pour que je comprenne que c'est à moi qu'il s'adresse. Je m'approche.

– Bibi a aussi prévenu votre grand-mère. Vous devriez aller la réconforter.

Comment n'ai-je pas pensé à Zoé, à son chagrin, ni au chagrin de Mme Steiger et d'Anne-Marie ?

Brusquement, j'ai les larmes aux yeux. J'imagine Omar et Dédé la tête éclatée, le torse ensanglanté, mourant dans la voiture où Omar m'a appris à conduire.

Je dévale l'escalier du lycée, j'entre dans un café, je téléphone à Zoé. Ça sonne dans le vide. Au bout d'un moment, je raccroche. Dans la salle, les habitués s'agitent. La radio a annoncé la nouvelle. Le patron, derrière son comptoir, sanglote et gueule.

– Les ratons, avant qu'ils nous tuent tous, c'est

nous qu'on les zigouille d'abord. Maintenant pour un œil on en arrache dix, pour une dent, toute la gueule! Ah putain!

Je cours, je saute dans un tram. Zoé n'est pas chez elle. Je m'assois sur le palier. Pour patienter je n'ai dans mon cartable qu'une anthologie de la poésie latine.

J'ai du mal à m'y intéresser jusqu'à ce que je tombe sur cette citation: « *Omnibus historiis se meus aptat amor.* » « Mon amour s'adapte à toute espèce d'histoires. » Ce vers qui, je ne sais pourquoi, à cet instant, me touche, a été écrit par Ovide. Comme je ne sais rien d'Ovide, je lis la rubrique qui lui est consacrée. « Exilé sur la mer Noire pour une cause restée obscure, chassé de Rome, séparé violemment de tout ce qu'il aime, relégué dans un monde étrange et inconnu de lui, il se révolte, pousse quelques cris passionnés de mélancolie et de colère. Ses regrets ne sont pourtant pas ceux d'un patriote exilé mais d'un mondain qui s'ennuie. Cependant, il a quelque part ce mot très beau: *« mens non exsultat »*, « l'âme ne peut être exilée ».

Je n'ai pas le temps de rêver longtemps au destin d'Ovide. Zoé sort de l'ascenseur, suivie par Bibi. Elle est pâle mais calme, Bibi, comme à son habitude, agitée.

Je leur explique comment je suis là. Ma grand-mère m'embrasse:

– C'est gentil d'être venu, mon loup. Je suis bien triste.

Elles ont été soutenir Mme Steiger que les gendarmes ont ramenée dans son appartement d'Alger aussitôt après l'attentat. Elles l'ont quittée lorsque Soustelle, le gouverneur général – « et avec lui toutes les huiles », précise Bibi – est arrivé pour présenter ses condoléances.

– Cette pauvre Karen pleure sans arrêt, dit Zoé, elle ne s'en remettra pas.

Bibi la reprend :

– Elle meurt de peur, surtout. Elle ne veut plus mettre les pieds à Aïn-Taya. Elle a téléphoné à Anne-Marie pour la supplier de ne pas venir, de rester à l'abri à Paris ! Une vraie chiffe ! Dédé aurait mieux fait de nous épouser, toi ou moi !

– Bibi, tu crois que c'est le moment de parler de ça ?

Bibi a sorti un tube de son sac et, devant la glace de l'entrée, se met du rouge sur les lèvres :

– Pourquoi pas ? Il le sait, ton petit gars, que Dédé s'est traîné à tes genoux pour t'épouser après la guerre ?

Elle se tourne vers moi :

– Ta grand-mère était veuve, avec deux enfants ; une pension, quelques restes de fortune et pas un sou vaillant. Eh bien, elle a dit non ! Elle voulait rester fidèle à la mémoire de son mari. Elle voulait rester indépendante. Je l'ai engueulée. Mais va te faire fiche ! Alors je me suis mise sur les rangs. Mais Dédé me trouvait trop « olé-olé ». Il a préféré sa Danoise. Xavier a rattrapé le coup en épousant leur fille !

Zoé m'adresse un sourire et, aussitôt après, change de registre et prend un ton indigné pour lancer à Bibi :

– Tu es monstrueuse !

Son sourire et son indignation ne sont pas forcés. C'est sa précipitation à passer de l'un à l'autre qui, soudain, m'émeut. La mort brutale de son vieil ami a bouleversé ma grand-mère bien plus qu'elle ne le laisse paraître.

Bibi me fait une œillade :

– Je ne suis pas monstrueuse ! Je dis les choses...

Zoé la fait taire d'un brutal :

– Arrête, Bibi !

Elle m'embrasse à nouveau en me serrant contre elle.

– Je ne te propose pas de déjeuner. Je n'ai pas faim et je n'ai pas le courage de faire la cuisine.

– C'est ça, dit Bibi, on mangera trois feuilles de salade avec un jus de citron. Au revoir, mon chou, tu as été formidable !

L'Écho d'Alger titre, deux jours de suite, sur l'attentat contre le président Steiger et appelle les Algérois à venir en masse lui rendre un dernier hommage. Le jour de l'enterrement, il pleut. Zoé m'a demandé de l'accompagner. Avant de sortir, elle prend son parapluie dans le gros pot chinois de l'entrée. Lorsque nous arrivons aux abords du cimetière, des milliers de gens sont déjà agglutinés sur les trottoirs et la chaussée, têtes basses sous la pluie, liés entre eux par le chagrin et la colère. Ma grand-mère glisse son bras sous le mien pour que nous ne nous perdions pas. Karen Steiger lui a envoyé des cartons qui devraient nous permettre d'entrer dans le cimetière avec la famille et les officiels. Malgré nos efforts pour nous ouvrir un chemin, nous sommes bientôt immobilisés au milieu de la foule. Des cris s'élèvent sur notre gauche, des remous se produisent. Je serre Zoé contre moi. Pour la première fois, du haut de mes quinze ans, je la vois fragile : une petite dame âgée meurtrie par la disparition tragique de Dédé. Une rumeur annonce l'arrivée du corbillard : nous apercevons le toit noir surmonté d'une guirlande métallique argentée qui avance lentement, freiné par la masse humaine. Lorsqu'il disparaît, l'homme derrière lequel nous nous trouvons tourne la tête et déclare, les veines du cou enflées, qu'il est venu à l'enterrement avec ses trois fils.

– On est parti de l'Alma à cinq heures du matin, dans la camionnette. Personne aurait pu nous en empêcher ! On se battra jusqu'au bout pour l'Algérie française. Si à Paris ils ont pas encore compris, aujourd'hui, ils vont comprendre.

Le vent se lève. Des bourrasques ouvrent dans le ciel gris des traînées bleues. Le soleil chauffe. Tout étincelle. Puis les nuages envahissent de nouveau le ciel, l'averse reprend.

Nous attendons, sous cette alternance de lumière et de pluie. De temps en temps, Zoé dit que nous allons rentrer, que ça ne sert à rien de rester là. Mais elle ne bouge pas. À un moment, sans doute parce que la cérémonie s'est achevée, les gens qui se trouvent plus près du cimetière que nous commencent à se disperser. On a l'impression que c'est fini, qu'il n'arrivera plus rien. Je ne sais pas ce que j'espérais, ce que nous attendions tous. Un discours du gouverneur général ? La voix du président Steiger tombant du ciel pour nous assurer que nous n'étions pas, nous, Européens d'Algérie, des condamnés de l'Histoire ? Je ressens, je partage la frustration de ceux qui m'entourent. L'homme qui a quitté l'Alma à cinq heures du matin crie :

– On n'est pas venus pour rien ! C'est pas possible !

Il donne des calottes sur l'arrière du crâne de ses trois fils debout devant lui et entame à pleine voix :
– « Allons enfants de la patrie… »

Tout le monde s'y met, y compris Zoé et moi. À la vibrante *Marseillaise* qui nous a mis les larmes aux yeux, succède *Le Chant des Africains* :

C'est nous les Africains qui revenons de loin
Nous venons des colonies pour défendre le pays
Nous avons laissé là-bas nos parents, nos amis
Et nous avons au cœur une invincible ardeur.
Pour le pays, pour la patrie
Mourir au loin,
C'est nous les Africains !

Les cœurs sont réchauffés. Les nuages noirs ont disparu. Les gens remontent l'avenue par petits groupes.

Zoé et moi remontons avec eux, toujours précédés du type de l'Alma et de ses trois garçons qui hurlent : « Algérie française ! »

On entend une détonation, loin derrière nous, puis une autre, plus proche. Un homme court sur le trottoir, bousculant ceux qui, arrêtés, essaient de voir ce qui se passe. Zoé me demande si c'est des coups de feu. Je ne sais pas. Je ne comprends pas. Le vendeur de cacahuètes qui pousse sa charrette, un peu plus haut que nous, a compris, lui. Il fuit, aussi vite qu'il peut, remontant d'une main la gandoura qui entrave ses jambes. Au moment où il va tourner dans une rue latérale, le plus âgé des garçons sort de sa ceinture un revolver et le pointe vers l'Arabe. Zoé lève son parapluie aussi vite qu'il a brandi son arme. Elle l'abat sur le bras tendu.

Le gars la regarde, estomaqué. Son revolver n'est pas tombé. Il pend contre sa jambe. Un instant j'ai peur qu'il ne le relève et que Zoé reçoive la balle. Apparemment, elle n'y pense pas. Elle crie :

— Mais vous êtes fou ! Vous êtes malade !

Le front plissé, les yeux ahuris, le gars transpire tellement qu'il est obligé de sortir son mouchoir pour s'essuyer. Puis il se détourne pour faire disparaître son revolver. Son père et ses frères n'ont pas bougé. Impossible de savoir s'ils sont furieux ou soulagés. J'entraîne Zoé. Elle tremble un peu et répète :

— Je ne sais pas ce qui m'a pris. Je ne sais pas ce qui m'a pris.

Le soir, en revivant la scène dans mon lit, je pense que j'aurais dû répondre : « Un bon mouvement. » C'est ce que je ferai si j'écris un livre. Sur le moment, je ne dis rien. Je suis en charge de ma grand-mère. Nous marchons jusqu'à l'arrêt du tram. Comme il n'arrive pas et qu'un taxi passe, Zoé l'arrête, ce qu'elle ne fait jamais d'habitude.

— J'ai les jambes un peu flageolantes, me dit-elle

comme si elle devait s'excuser. Il me tarde de prendre un bon bain chaud.

Lorsque nous sommes assis sur la banquette, elle se penche vers moi pour que le chauffeur ne l'entende pas.

– Tu ne raconteras ça à personne, hein, mon loup ?
– Pourquoi ? Tu n'as rien fait de honteux, au contraire.

Elle me tapote la main :
– Ce n'est pas la peine.

Pour couper court, elle soulève son parapluie.
– Ton oncle Philippe me l'a envoyé de Madrid pour mon anniversaire. J'espère qu'il n'est pas fichu, c'est le plus chic que j'aie jamais eu !

– Tu es emmerdant avec tes complexes et ta trouille !
– Pourquoi tu t'énerves ? me dit Solal.

Nous sommes assis sur le dos d'un banc, devant notre classe. Les autres élèves traînent sous les arcades. Marco est parti avec Granger acheter des gâteaux arabes chez Aïssa. Le cours de latin commencera quand ils reviendront. Nous avons beau être côte à côte, genou contre genou, Solal s'est retranché dans la méfiance depuis que je lui ai proposé de passer le week-end à Surcouf avec Zoé et moi.

Je repars à la charge :
– C'est toi qui m'énerves ! On n'est pas condamné à la connerie par naissance !

Solal, sceptique, renifle, bruyamment à cause de son nez écrasé. Il m'agace de plus en plus. J'ai envie de lui mettre une baffe. Mais, avec Solal, il faut raisonner.

– D'accord, je sais, en 1900 ou par là, c'est sûr que les gens de ma famille ont dû acclamer ce type qui a été élu maire d'Alger avec pour seul programme « À bas les Juifs ! », pendant que les tiens se cachaient au fond de leurs boutiques et qu'on caillassait leurs vitrines. Mais ma grand-mère, que les gens soient juifs ou kalmouks, elle ne s'en rend même pas compte. Elle te trouvera sympathique, elle déploiera ses plumes. D'ailleurs je lui ai déjà dit que tu venais avec nous et rien que ça l'a déjà réjouie ! Elle est bien triste depuis l'assassinat d'André Steiger.

Solal renifle à nouveau. Je lui donne un coup de genou :

– Arrête de renifler ! C'est toi qui as des préjugés ! Je te jure que ma grand-mère est très gentille et pas raciste pour un sou.

Solal me fait son sourire de gros malin :

– Elle est comme toi, alors !

Raidi dans mon obstination à démolir sa méfiance, je ne saisis pas tout de suite qu'il se fiche de moi. Il s'en rend compte. Avec le pouce de la main droite, poing fermé, il me relève le menton d'un mouvement rapide et familier. En Algérie, pour bien se comprendre, on se touche d'abord.

– Jésus-Christ, va ! dit-il, en se marrant doucement.

Il saute du banc.

– Bon d'accord, je viens.

Le samedi matin, Zoé, Solal et moi prenons le car à la gare routière, derrière le port. On quitte la ville par la route qu'on appelle à Alger « route moutonnière ».

Sur le terre-plein qui s'étend entre la chaussée et la mer, des troupeaux venus du bled trottinent vers les abattoirs. Les bergers en gandoura courent et crient, bâton levé, pour endiguer les courants de panique qui les agitent quand les bêtes de tête refluent, affolées par le trafic automobile. Dans la baie, les cargos attendent les remorqueurs qui les tracteront à quai. Les grues soulèvent les palettes dans des filets. Les dockers montent et descendent les passerelles, le dos plié sous les caisses, la tête couverte par des sacs de jute, comme des pénitents. Les semi-remorques et les camions-citernes doublent notre car en klaxonnant. Rabattues sur le côté, de vieilles camionnettes trimballent, à trente à l'heure, on ne sait quoi. Grimpés sur ces charges qui écrasent les amortisseurs, des types en burnous s'accrochent aux ridelles. D'où viennent-ils ? Où vont-ils ? Pourquoi ? Sans doute ont-ils profité d'une occasion pour visiter la famille, toucher le mandat envoyé par le fils qui travaille en France, ou rejoindre le maquis, ou, au contraire, fuir le FLN qui les rançonne.

Jusqu'à l'hippodrome du Caroubier, la route est bordée d'entrepôts, de hangars, d'ateliers mécaniques. Dans la poussière noirâtre et grasse traînent des bidons, des cageots, toutes sortes de rebuts qui peuvent servir encore à réparer une pompe, une charrette, le toit d'un gourbi. L'usine Tamzali, toute blanche, se signale de loin par une odeur d'huile d'olive qui vous prend aux muqueuses des sinus à la glotte.

Zoé qui, comme je le prévoyais, trouve Solal sympathique, lui fait des frais :

– Les Tamzali ont une très jolie villa à Surcouf. Le jardin surtout était magnifique. Mais depuis que le vieux père Tamzali est mort, ce n'est plus ça. D'ailleurs ils ne m'invitent plus.

Elle se bouche le nez et invite Solal à en faire autant. Elle se le rebouche un peu plus loin, quand le car traverse le pont de l'Harrach. L'oued sert d'égout à des effluents d'hydrogène sulfuré. Ça empeste l'œuf pourri. Le chauffeur du car se retourne.

– Ça cocotte, hein, madame Zoé !

Lancer cette expression à la dame qui la lui a apprise, chaque fois qu'ils passent le pont assis l'un derrière l'autre, c'est comme un clin d'œil rituel entre amis. Zoé connaît tous les chauffeurs de car qui desservent Surcouf. Elle a fait construire son cabanon en 1920 et depuis y a passé tous les étés. Veuve et désargentée, elle n'avait sans doute pas les moyens d'acquérir une maison dans un des villages de la côte à l'ouest d'Alger où les anciens et nouveaux riches ont les leurs : La Madrague, Sidi-Ferruch, et, pour le gratin, le Club des Pins. Mais à l'entendre elle a « choisi » Surcouf, pour son climat – « il y a de l'air, c'est presque breton, à Sidi-Ferruch on étouffe » –, pour sa sauvagerie – « six kilomètres de plage, au moins ça ne sent pas l'Ambre solaire » – et, aussi, par un snobisme au deuxième degré : éviter l'ostentation, obéir à ses goûts, ne pas suivre le troupeau, fût-ce celui auquel on appartient.

Après l'indépendance de l'Algérie, Surcouf et les plages voisines de Jean-Bart et de Suffren ont été abandonnées aux pauvres gens. La nomenklatura algérienne a investi les ghettos de privilégiés. Disposer d'une villa au Club des Pins reste, plus encore qu'aux temps coloniaux, un gage d'élitisme. Les bulldozers et les bétonneuses ont beaucoup fonctionné, au détriment des pins. C'est enceint de grilles et de barbelés. Des soldats patrouillent devant les portails en acier, un gigantesque hôtel cache la mer. Mais est-ce moins moche à Miami, sur la Costa Brava ou en Algarve ?

Zoé, Solal et moi descendons du car devant le café de François et Célestine. Ils sont assis sur des chaises, de part et d'autre de leur porte où pend un rideau de lanières en plastique. Elle épluche des aubergines, lui, les mains croisées sur son énorme ventre, ne fait rien. Ils sont là, sous les ficus, depuis que François est revenu de la guerre en 1918.

Zoé et moi allons les embrasser, puis elle va saluer Bouarab qui joue aux boules sur la place avec Fifi Vinciguerra, coiffeur et fabricant de nasses en osier pour pêcher la langouste. Bouarab est le plus ancien pêcheur de Surcouf et leur chef. Il n'occupe aucune fonction officielle, n'en a jamais brigué, mais c'est un homme de poids pour les habitants du village, Arabes et Français confondus. Pas bavard, peu souriant, le visage osseux, avec une moustache blanche de lord anglais et un chapeau kabyle en paille orné de laine rouge, sa grande allure en impose.

Solal et moi le regardons serrer la main de Zoé et échanger quelques mots avec elle. Elle revient vers nous, très déçue : Bouarab n'a pas pu sortir sa barque ce matin. Le vent d'est a soufflé toute la nuit. La mer était déchaînée. Nous n'aurons pas de rougets pour le déjeuner.

– J'aurais tant voulu t'en faire goûter, dit-elle à Solal, les rougets de Surcouf sont les meilleurs du monde ! Je vais voir ce que je peux trouver à l'épicerie.

Solal lui propose de l'accompagner. Elle le rabroue.
– Vous avez mieux à faire ! Allez-y.

J'entraîne mon camarade. Nous dévalons la falaise. Le cabanon de Zoé est un chalet de bois posé à même la plage. Les embruns ont délavé la peinture, à l'origine lie-de-vin. Des planches festonnées bordent le toit. Les tuiles sont du modèle le plus commun. L'humidité a imprégné les fibres du parquet et lui a donné une consistance spongieuse, délicieuse sous la plante des pieds, le genre de sensation inscrite en vous pour la vie. J'explique tout ça à Solal qui n'a pas compris pourquoi je lui conseillais d'enlever ses sandales.

– À Surcouf, on laisse ses chaussures quand on arrive et on ne les remet que quand on part. À la fin de l'été, on a du mal à les enfiler à cause de la corne qui s'est formée en trois mois. Ça aussi, c'est une impression inoubliable.

Je lui fais admirer la forêt de roseaux qui couvre la falaise, derrière le cabanon. Quand le vent souffle, les hampes cognent et les feuilles mugissent.

– C'est très particulier comme bruit. Ça se mélange à celui des vagues. C'est la nuit qu'on peut vraiment en profiter.

Je le conduis dans la véranda, face à la mer. Au fil des années, huit maisons ont été construites auprès de notre cabanon, le long de la plage. Il me demande laquelle est celle de Michelle. Je la lui montre : un bunker sur pilotis, percé de baies vitrées longues comme des meurtrières. Au début, ma grand-mère a poussé des cris d'horreur : « Il ne manque que les canons ! » Elle s'est habituée. D'autant qu'elle apprécie le père de Michelle – « aimable et pas collant ». Il prend son bain le matin au lever du soleil pendant qu'elle-même prend le sien, cent mètres plus loin. Ils nagent la brasse indienne chacun sur sa ligne, sans se déranger.

À gauche de la plage, au-dessus des barques que les pêcheurs tirent sur le sable avec des treuils à manivelle, s'étend un bâtiment long, l'hôtel des Flots bleus. Les chambres ouvrent sur une terrasse. Les baigneurs du dimanche boivent des anisettes et mangent des brochettes à l'ombre des parasols publicitaires. En novembre 1942, les soldats américains ont occupé l'hôtel lorsque leurs bateaux se sont échoués, éventrés par les rochers à fleur d'eau, la nuit du débarquement allié en Afrique du Nord. Les épaves sont restées. Des pans de ferraille déchiquetés par la rouille émergent du sable. Enfant, j'y jouais avec mes copains de la plage. Ça sert aussi de cachette pour les amoureux.

Vers la droite, aussi loin que le regard porte, des kilomètres de sable beige. Pas une maison, pas un poteau télégraphique, pas une plantation : un rivage d'avant l'homme.

La houle éclate sur les hauts fonds. Les lignes de rouleaux blancs se succèdent. Côté terre, la plage est précédée d'une zone intermédiaire où poussent des lys, des chardons bleus, des lentisques rabattus par le vent. Quand j'étais petit j'allais chaque après-midi jusqu'au bout de la plage. Je ramassais des bois flottés, des hannetons, des escargots.

– On ira tout à l'heure si tu veux… Bon, maintenant que je t'ai tout montré, allons nous baigner.

Solal plonge et crawle vers le large. Je reste près du bord. C'est dans les vagues que je suis le plus heureux. Il ne faut pas lutter contre leur violence. On ne peut pas. Je sais, au centième de seconde, quand me faire souple et quand résister. C'est une science qui ne sert à rien, hors de Surcouf. Mais c'est un grand bienfait de la posséder.

L'eau est froide. Lorsque nous en sortons nos lèvres sont violettes. Nous courons nous aplatir sur le sable chaud. On reste là un bon moment, le ventre au tiède, jusqu'à ce qu'une voix nous appelle avec des « ho ! ho ! » insistants. Nous levons la tête. Jacky Olcina est en train d'ôter les volets mobiles qui obturent les baies vitrées de la maison Léonardi.

– Ça va ? nous crie-t-il.

Solal à qui je n'ai pas dit un mot du pique-nique chez Jacky, trop lié à la scène qui a suivi dans la chambre de Michelle, me demande qui c'est.

Je lui dis que c'est un ami des Léonardi, l'air vague, intérieurement mortifié par le souvenir de cette journée que la présence de Jacky avive. Mon malaise monte de plusieurs crans quand une dizaine de garçons et de filles débouchent au coin du bunker, les bras chargés de disques, de bouteilles, de cartons de pâtissier. Hôtesses de l'air et gars rigolards, c'est la bande de Fort-de-l'Eau. Michelle est parmi eux. Par chance, elle ne nous voit pas.

– Il y a de la surprise-partie dans l'air chez ta copine, me dit Solal. Tu aurais pu m'avertir !

Je lui réponds sèchement que je l'ignorais. Si je

l'avais su je ne serais pas venu à Surcouf ce week-end : je n'ai aucune envie de voir Michelle, ni ses amis qui sont des cons. Solal me donne une tape derrière le crâne, nous disons une « calebotte ». C'est, en plus appuyé, l'équivalent d'un sourire ironique.

– Excuse-moi, j'avais oublié, maintenant c'est Christine !

Zoé a installé sa machine à coudre dans la véranda. Quand Solal et moi la rejoignons, douchés et rhabillés, elle nous annonce, sans cesser de glisser le tissu sous l'aiguille, qu'elle a croisé M. Léonardi au village. Il a loué une chambre aux Flots bleus pour pouvoir dormir.

– Vous pourrez faire tout le bruit que vous voudrez !

Zoé tient elle aussi pour acquis que je savais que Michelle donnait une fête. Je mets les choses au point.

– Nous ne sommes pas invités !

Elle arrête de coudre.

– Pourquoi ? C'est idiot. Je vais aller demander au brave Léonardi qu'il vous invite.

L'idée d'être imposé par ma grand-mère pousse ma confusion au rouge.

– Ah, non !

Zoé laisse l'ourlet de la jupe engagé dans la machine et remet celle-ci en marche. Sans me regarder, elle soupire :

– Que c'est bête un garçon de quinze ans !

Solal et moi mettons la table pour le déjeuner quand des claquements de sandales se font entendre sur le parquet du couloir. C'est Michelle, souriante et pressée. Elle m'embrasse, embrasse Solal. Son cou sent le jasmin.

– Papa m'a dit que vous étiez là ! Je suis ravie ! Venez vers neuf heures. Apportez du vin rouge et des oranges : on risque d'être justes sur la sangria !

Elle s'éclipse. Le bruit de ses pas retentit puis s'efface. Je n'ai pas ouvert la bouche.

– Eh bien voilà ! me dit Solal, tu ne peux plus te défiler !

Les couples dansent, se caressent, se défont, se reforment, s'embrassent. Solal et Jacky discutent, adossés contre le mur entre deux gravures de voiliers. Je les vois flous. Michelle me tient contre elle. La voix d'Elvis Presley nous lie comme une colle. Je suis ivre. Je danse lourd. Mais chaque mouvement que j'ébauche, elle le partage, l'absorbe, une jambe entre les miennes. Quand le slow s'achève, elle me laisse, bras ballants, au milieu du living-room, va mettre *Love me tender* et revient m'enlacer. J'ai cessé de me demander pourquoi, alors que je jouais le garçon invisible en buvant force sangria dans mon coin, elle m'a enlevé mon verre des mains, m'a tiré sur la piste et depuis ne me lâche plus. Je bande comme un bébé tète, les yeux mi-clos. Une fille crie qu'elle veut un rock. L'aiguille de l'électrophone raye *Love me tender* et repart sur *Jailhouse Rock*. Michelle me pousse contre la porte. Je lui dis que je descends sur la plage. Qu'elle doive m'y rejoindre est le prolongement logique et obligé de nos slows. C'est si évident que je ne le lui demande pas.

Le vent est tombé. Je marche pieds nus dans les amas d'algues déposés par la tempête, jusqu'à la carcasse rouillée du bateau américain. Je me couche derrière, sur le dos. Presque tout de suite, elle est là, penchée sur moi, sa taille encerclée par mon bras, attirée fort pour un baiser. Elle résiste en riant : « Tu me fais mal... Ne bouge pas. »

Bouton après bouton, elle ouvre ma chemise, m'effleure les pectoraux du bout des doigts, m'embrasse la poitrine et les flancs. Les élans frustes que j'avais en tête – écarter, pénétrer, marteler – passent au deuxième plan. C'est inattendu et à cause de l'ivresse, sans doute, ça m'amuse. Je pense à la phrase de madame Letizia, la mère de Napoléon. Michelle me demande pourquoi je ris. Je réponds avec l'accent corse.

– Pourvou que ça doure !

– Ne parle pas, m'ordonne-t-elle, sérieuse, presque sévère.

Elle m'embrasse la bouche en me tenant la tête entre les mains et, sans cesser de m'embrasser, m'enjambe et s'assoit sur mon bassin. Ma volonté d'abandon est totale. Mais elle ne résiste pas longtemps. Je me tends, mes reins sursautent et cognent. Elle se laisse soulever par mes ruades jusqu'à ce qu'une espèce de peur la prenne :

– Non... Non... Arrête... Pas comme ça. Je ne veux pas.

Que craint-elle ? Comment pourrais-je arrêter ? Je la bloque aux hanches des deux mains. Elle se libère et descend de moi. Ma tristesse ne dure pas deux secondes. Michelle est revenue. Ses cheveux touchent mon ventre, sa joue s'y pose, glisse. Ses lèvres m'explorent et me trouvent. Jamais, au grand jamais, je n'ai imaginé qu'une fille puisse, de son plein gré, faire ce que Michelle fait. Ça me transporte. Voyage haletant, mais bref. Le jaillissement de mon sperme y met un terme brusque. Si j'étais debout, je tomberais. Couché, je hisse Michelle sur moi et rampe sous elle. Quand nous sommes visage contre visage, je nous tourne sur le côté et je nous garde enlacés : la douceur que Michelle m'a donnée, je la lui rends, corps à corps.

Lorsque je me réveille, Michelle m'a quitté. Je suis seul. J'ai froid, j'ai mal à la tête et vaguement envie de vomir. J'ai l'impression d'être un jouet qu'une petite fille sans cœur a abandonné sur la plage.

Je me lève, époussette le sable collé sur mes fesses, remonte mon short sur mes poils empoissés. Là-haut, je distingue, dans la lumière qui tombe des baies vitrées, Solal assis, bras en appui, jambes pendantes, sur le muret séparant le bunker de la plage. Je le rejoins. On entend, au-dessus de nous, la musique et les rires de la fête. Il me demande si je veux y retourner.

– Et toi ?
– J'ai trop bu, dit-il.
– Moi aussi, allons nous coucher.

Nous marchons vers le cabanon.

Solal a-t-il aperçu Michelle revenir vers la maison quand elle m'a laissé endormi derrière l'épave ? Sait-il que nous étions ensemble sur la plage ? Je guette son profil, ses reniflements. Ils ne m'apprennent rien. Il se tait. J'attribue son silence à sa discrétion. Quand il parle, je me rends compte qu'il a en tête tout à fait autre chose que mon histoire.

– Tu sais quel métier il fait, Jacky ? Il est chiffonnier, chiffonnier en gros !

C'est surprenant, mais je m'en fiche. Je m'abstiens pourtant d'interrompre Solal. À sa voix, je devine que l'annonce du métier de Jacky est une accroche pour poursuivre.

– Il a pris la succession de son père. Il m'a raconté que son père était communiste, un dur, un vrai et que sa sœur est mariée à un avocat arabe, lui aussi communiste. Ils vivent à Tunis. Jacky avait l'air fier que son père et sa sœur soient du côté des Arabes mais, juste après, il m'a dit que si les Musulmans gagnaient en Algérie, il se mettrait une balle dans la tête.

Dans l'état où je suis, déboussolé par Michelle, nauséeux, j'ai du mal à suivre mon camarade sur le terrain Jacky. Solal poursuit.

– C'est un type bizarre, Jacky. Impossible de savoir s'il blague ou s'il est sérieux. Il saute d'un truc à l'autre, comme s'il était un peu fou. Mais je crois qu'il fait exprès, pour voir ce qu'on a dans le ventre. Il doit aimer les coups tordus. C'est un manipulateur.

Soudain, Jacky m'intéresse. Le mot « manipulateur » a traversé mes incertitudes et touché au vif le sentiment que Michelle s'est jouée de moi. J'imagine, à toute vitesse, un complot pour se foutre de la gueule du puceau, lui apprendre à vivre.

– Tu crois qu'il est le petit ami de Michelle ?

Je me suis arrêté pour poser ma question. Solal est obligé de s'arrêter aussi.

– Pourquoi tu me demandes ça ? Quel rapport ?

J'insiste :

– Réponds-moi.

– On n'a pas parlé de filles. Ce n'était pas le sujet. En tout cas, quand vous dansiez serrés, ça n'avait pas l'air de le gêner.

J'insiste encore :

– Il a vu qu'on était sortis, Michelle et moi ?

Solal hausse les épaules.

– Tout le monde l'a vu, mon vieux !

Il se remet en marche, renfrogné. Ma question incongrue l'a empêché de dire tout ce qu'il avait à dire sur Jacky.

Zoé a laissé l'ampoule allumée au-dessus de l'entrée du cabanon. Elle se balance au bout de son fil. Cette lumière qui veille m'émeut.

Nous avançons avec précaution sur le parquet spongieux pour ne pas réveiller ma grand-mère. Dans la chambre, Solal sort de son sac une trousse de toilette rayée jaune et rouge. Il se lave les dents au-dessus du lavabo craquelé. Le robinet de cuivre grince. Je me déshabille en deux mouvements et je me couche à poil dans les draps de lin épais, amollis par l'humidité.

Solal se retourne :

– Qu'est-ce que c'est que l'engin sous le lavabo ?

– Un bidet portable. Il y en a un dans chaque chambre.

Il rigole :

– Vous êtes comme les Arabes dans ta famille, vous vous lavez le cul à tout bout de champ !

Il déplie un pyjama bien repassé, boutonne la veste avec soin, enfile le pantalon en me tournant le dos. Puis il s'assoit sur son lit.

– Tu sais, Jacky, il serait espion, ça ne m'étonnerait pas.

Pudique pour se déshabiller et maintenant cette déclaration puérile et romanesque, je ne reconnais pas Solal. Il doit avoir vraiment trop bu. Je le regarde. Il semble sérieux. Le mot espion doit lui paraître pourtant excessif. Il précise, après réflexion.

– Pas espion professionnel, plutôt agent de renseignements, intermédiaire entre les services français et le FLN, quelque chose comme ça. Il y en a sûrement...

J'aime beaucoup Solal, mais il m'ennuie.

– Oui, il y en a sûrement... Couche-toi, j'éteins.

Me voilà tranquille dans le noir. Les roseaux bruissent dans la falaise. Les vagues claquent sur la plage. Les mains sous la nuque, je me repasse la scène de la plage avec Michelle, tantôt accélérant, tantôt arrêtant les images. Je prends du recul pour, à la fin, arriver à cette question : « Puis-je considérer que je ne suis plus puceau ? » À partir de là, je déraille : « Peut-on être demi-puceau ? Y a-t-il des équivalences : cinq pompiers égalent une pénétration ? Ai-je franchi la frontière ? Y a-t-il une frontière ? »

À quoi puis-je penser pour arrêter de dérailler comme un con ? À l'avenir de l'Algérie ? Trop désespérant. À Christine ? Aux seins de Christine ? À son cul ? À sa bouche ? L'excitation monte. Le sommeil aussi. Qui l'emportera ?

Zoé ne se remet pas de la mort de Dédé. D'habitude, après un coup dur, il ne lui faut pas plus d'une semaine pour rebondir.

Je n'ai pas le cœur d'aller l'embrasser en revenant du lycée. Je suis retranché dans mon propre abattement. Depuis Surcouf, Michelle ne m'a plus fait signe. En comparaison de l'assassinat d'André Steiger et des événements qui chaque jour dressent Arabes et Français les uns contre les autres, son silence et l'agitation qu'il provoque en moi sont des choses dérisoires. Je le sais, je me le répète. Ça ne me console pas.

La conduite de Michelle m'échappe. Je ne la comprends pas. Je me casse le nez dessus. Au fond, c'est idiot à dire, je ne l'accepte pas.

Ce qui est arrivé se résume pourtant en trois phrases : une fille éprouve de l'attirance pour un garçon, elle y cède puis, son désir satisfait, se reprend. Il faudrait que je parte de là. Mais des faits qu'on résume en trois phrases, je ne m'y arrête pas. L'important, du moins ce qui m'importe, est en deçà ou au-delà. Pour l'atteindre, j'invente des hypothèses : Michelle nymphomane, Michelle à demi folle, Michelle désespérée, se distrayant comme elle peut. La plus blessante, c'est celle qui m'a effleuré sur la plage quand j'ai rejoint Solal. J'aurais été le jouet d'une espèce de blague montée par Jacky. Je suis persuadé, à l'intuition, que Michelle et Jacky sont extrêmement proches. Cependant, s'ils sont ensemble, amants peut-être, pour quelle raison Jacky aurait-il poussé Michelle à me séduire ? Solal m'a dit que c'était un type bizarre. Mais là ce serait de la perversité, une manipulation si tordue que je peine à y croire. Je rejette cette hypothèse comme je rejette les autres. Mon imagination tricote et détricote des romans sans début ni fin : des égarements.

C'est très désagréable. Mon malaise croît, s'étend, me désespère. J'ai l'impression d'être une machine à fabriquer de l'incertitude. C'est ma nature même d'être dépassé par ce qui advient autour de moi. Tout m'échappe, tout m'a échappé, tout m'échappera toujours.

Sous la douche, le matin, je regarde le bout dénudé de mon sexe où l'eau goutte. À quatre ou cinq ans, on m'a opéré. Mes parents et le chirurgien m'avaient expliqué que l'intervention était banale. Au retour de la clinique, encore sous l'effet de l'anesthésie, j'avais trouvé bizarres les youyous de joie par lesquels notre femme de ménage m'avait accueilli. Dès que ma mère, après m'avoir couché, était sortie de ma chambre, Zorah s'était précipitée, avait soulevé le drap pour contempler mon pénis emmailloté de gaze. Elle s'était mise à marmonner des bénédictions en arabe. Pourquoi avait-elle cette mine extasiée ?

Je ne comprenais pas. Pourtant, j'avais toujours connu Zorah. Elle travaillait à la maison bien avant ma naissance. Pour les fêtes musulmanes dont je connaissais les noms sans savoir à quoi elles correspondaient, l'Aïd, l'Achoura, elle m'emmenait chez elle, au ravin de la Femme-Sauvage. Abdallah, son fils, me promenait sur le mulet. Je mangeais des assiettes de couscous au lait avec des raisins secs. Le soir, on déroulait les tapis et je dormais près d'elle, au milieu de ses enfants.

Zorah savait, je suppose, qu'on ne m'avait pas coupé le prépuce pour des motifs religieux, mais peu lui importait. J'étais circoncis. Ça se fêtait. Pendant les quelques jours de ma convalescence, chaque matin en arrivant, elle sortait de sous son voile les cornes de gazelle enrobées de sucre farine qu'elle avait préparées pour moi. La main sur le cœur, elle me regardait manger avec ravissement. Lorsque j'avais fini, elle faisait disparaître le papier journal dans lequel elle avait enveloppé les gâteaux, époussetait sucre et miettes sur le drap, touchait son front tatoué, puis le mien.

– Attention ! Tu dis rien à ta mère, tu dis rien à personne.

Son avertissement était inutile. Les raisons pour lesquelles Zorah me donnait des gâteaux et me bénissait m'échappaient. Cependant je n'éprouvais pas le besoin d'éclaircir ce mystère. Je préférais rêvasser, attentif aux picotements qui me faisaient prendre conscience que mon sexe, auquel jusqu'alors je n'avais pas prêté plus d'intérêt qu'à mes mains ou mes pieds, méritait une considération spéciale.

Le bon sens voudrait que je prenne mon courage à deux mains et que je téléphone à Michelle pour qu'elle s'explique. Au lieu de quoi j'attends, certain, à tel moment, qu'elle va se manifester, qu'il ne peut en être autrement et, au moment suivant, persuadé au contraire que je n'aurai plus jamais de ses nouvelles, qu'il ne peut en être autrement. Dès que je rentre du lycée, en fin d'après-midi et après le dîner jusqu'au milieu de la nuit, j'écris des pages et des pages où je décris par le menu les états successifs d'espoir et de désespoir par lesquels je passe à cause d'elle.

Lorsque ma lettre sera achevée, je la lui enverrai. Mais il n'y a pas de fin à mes lamentations. À force de ressasser mes tourments, le dégoût me gagne. Un soir, à deux heures du matin, je déchire tout et je vais prendre une douche. L'eau coule et disparaît dans la grille d'évacuation, entre mes pieds. Je me sens mieux : purgé.

Le lendemain, je reçois une lettre. Mon cœur bat en l'ouvrant. Ce n'est pas Michelle, c'est Christine. Elle tient à me remercier de ma gentillesse le jour de l'accident, s'excuse de le faire si tard et espère me revoir bientôt. Ces quelques lignes me font grand plaisir. Du coup, j'en parle à Zoé.

Elle sort de son buffet d'angle une bouteille et deux verres en cristal.

– On va boire un petit whisky pour fêter ça.

Est-ce le lendemain ou quelques jours plus tard que j'ai revu Michelle ? Je ne m'en souviens plus. J'ai également oublié où et comment nous nous sommes rencontrés. Je suppose que nous nous sommes croisés dans la rue et que nous sommes allés dans un café, peut-être à l'Otomatic où une bombe devait exploser au début de 1957. Elle n'a fait aucune allusion à nos ébats sur la plage, à croire qu'elle les avait oubliés. Elle m'a dit qu'elle allait épouser Jacky ou en tout cas vivre avec lui. Il avait besoin d'elle. Personne n'avait jamais eu aussi désespérément besoin d'elle. Elle parlait d'une voix abandonnée, presque douloureuse, comme si j'étais le seul confident capable de la comprendre. D'une certaine façon, c'était vrai. J'avais deviné son amour pour Jacky et, maintenant que j'étais purgé de ma détresse, qu'elle m'ait sucé me rendait très proche d'elle. Peut-être, sur le moment, ai-je tout de même éprouvé de la jalousie. L'impression que je garde, à un demi-siècle de distance, c'est celle d'un apaisement.

– Je suis décidée à aider Jacky de toutes mes forces. C'est comme une vocation, comme si j'avais été désignée pour le libérer de ses démons.

Quels démons ? Je ne crois pas lui avoir posé la question. C'était Michelle qui m'intéressait, pas Jacky, et ce qu'elle m'annonçait m'impressionnait. Les sentiments profonds qui engageaient sa vie renvoyaient les miens à de la complaisance narcissique, ce que Zoé appelait de la « délectation morose », seul péché impardonnable pour ma grand-mère.

Mais ces enfantillages étaient derrière moi. En me

parlant comme elle le faisait, Michelle m'aidait à les dépasser définitivement. Elle ne m'avait pas dépucelé. Pourtant elle me traitait en adulte. J'aurais préféré lui faire l'amour. Je lui étais tout de même reconnaissant.

Avant que nous ne nous quittions, Michelle m'a annoncé que Marco avait accepté de lui donner des leçons de latin. Sa professeur au lycée Fromentin était nulle.

Michelle connaissait donc Marco et semblait croire que je le savais déjà. Ce n'était pas tout à fait faux. Depuis que j'avais vu Marco entrer aux « Vraies Richesses » derrière Michelle, le jour où j'étais resté en arrêt devant le livre sur l'Afrique romaine, j'avais en tête qu'il existait des liens entre eux. Découvrir une enfance commune à Marco et Bibi avait été une surprise, dont je ne revenais toujours pas tant ils étaient différents, appartenant à des catégories qui me paraissaient incompatibles. En revanche, Michelle, avec son goût pour la musique et pour les choses intellectuelles, était « compatible » avec mon professeur. Ils étaient faits pour se connaître. J'ignorais les circonstances dans lesquelles ils s'étaient rapprochés, mais il me suffisait d'interroger Michelle pour qu'elle me les apprenne.

– Tu as rencontré Marco aux « Vraies Richesses » ?
– Pas du tout ! C'est Jacky qui me l'a présenté !
Jacky ? Une nouvelle fois, j'étais pris à contre-pied. Que venait faire Jacky entre Marco et Michelle ? Ça ne collait pas avec mes schémas. La réalité était

décidément imprévisible, beaucoup plus fantastique que l'idée que je m'en faisais. Je me sentais bête et j'en avais l'air.

Michelle a poursuivi, me fournissant une explication que je ne lui avais pas demandée, tant j'étais ébahi.

– Marco a été très proche du père de Jacky. C'est du moins ce que Jacky m'a dit. Ça remonte à avant la guerre, peut-être à l'époque du Front populaire…

Je l'ai interrompu :

– Le père de Jacky est né, lui aussi, à Sidi-bel-Abbès ?

Ça a été au tour de Michelle de faire une drôle de tête.

– Pourquoi parles-tu de Sidi-bel-Abbès ? Quel rapport ?

Je lui ai raconté ma rencontre de Marco chez Bibi et ma stupéfaction devant leur intimité jusqu'à ce que j'apprenne qu'ils étaient tous les deux nés à Sidi- bel-Abbès.

– … Comme dans Proust, le narrateur qui n'imagine pas de convergence possible entre le côté de chez Swann et le côté Guermantes.

Michelle a souri.

– Quand le narrateur de Proust vieillit et que le livre avance, les deux côtés finissent par se rejoindre. Dans le cas de Marco, ça s'est rejoint avant. C'est du Proust à l'envers. Marco est pied-noir, comme l'amie de ta grand-mère et comme le père de Jacky. Qu'ils se soient connus n'a rien d'extraordinaire.

Michelle ne m'a pas convaincu. J'admettais volontiers que j'étais à la fois naïf et compliqué : l'esprit rigide, pas assez de bon sens, trop d'imagination.

Il y avait aussi, elle avait sans doute raison, des explications simples aux liens entre Marco et Jacky qu'elle venait de me révéler, comme il y en avait aux liens entre Marco et Bibi. Pourtant, ça n'éclairait pas tout. Il flottait du mystère autour de Marco.

Dans ma mémoire, c'est le lendemain de ma rencontre avec Michelle que Marco nous a proposé à Solal et à moi d'assister aux cours de latin qu'il donnait à notre amie.

Ils avaient lieu au Cercle algérien, une sorte de club où se retrouvaient des intellectuels arabes et des Européens libéraux. Je n'y étais jamais allé, mais j'en avais entendu parler par Suzanne qui le fréquentait assidûment. C'était, en bas de la Casbah, sur le boulevard qui surplombait le port, une salle modeste et même assez crasseuse, meublée de bric et de broc, avec, au fond, une buvette.

Nous nous y sommes retrouvés une douzaine de fois le jeudi soir, de sept à huit heures. Marco arrivait toujours un peu en retard, pressé et transpirant. Un grand sourire, à peine bonjour, il attaquait immédiatement le texte de Tacite. Il parlait en se balançant sur sa chaise. Michelle assise près de lui, Solal et moi en face prenions des notes aussi vite que nous le pouvions, sans avoir le temps de lever le nez ni l'occasion d'introduire une diversion. Nous faisions du latin, rien d'autre.

Souvent, lorsque nous sortions, Jacky était là au

bord du trottoir, à attendre sur la vieille moto rouge, une Terrot 125 cm^3, sur laquelle j'avais vu Marco arriver dans le jardin de Bibi. Appartenait-elle à Jacky ou à Marco ? Parfois c'était Michelle qui montait derrière Jacky et que la moto emmenait en pétaradant, parfois c'était Marco. Solal ni moi ne pouvions deviner si cela avait été prévu d'avance ou si ça se décidait au dernier moment. Par discrétion, nous restions en retrait et les échanges, toujours très rapides, entre Michelle, Marco et Jacky nous échappaient. Lorsque c'était Michelle qui partait accrochée à la taille de Jacky, Marco nous quittait aussitôt. Lorsque c'était Marco qui s'en allait, le buste repoussé en arrière par sa serviette débordante de papiers, coincée sur ses jambes contre le dos de Jacky, nous prenions le tram avec Michelle. Si elle était triste, déçue ou inquiète de n'être pas partie avec Jacky, elle ne le montrait pas.

Lors des deux ou trois derniers cours, la présence de Jacky s'est affirmée. Au lieu d'attendre dehors, il entrait. Dès qu'il le voyait, Marco refermait Tacite et poussait vers Michelle le dictionnaire Gaffiot : c'en était fini du latin pour ce jour-là. Pendant que Michelle, Solal et moi rangions nos affaires, il allait s'installer au bar avec Jacky. Il l'avait chargé de lui trouver une voiture. L'affaire semblait complexe et passionnante. Ils en discutaient en buvant des bières, accoudés au comptoir, épaule contre épaule. Comment l'achat d'une voiture pouvait-il les absorber à ce point ?

Solal était sûr que c'était un prétexte et qu'ils parlaient de tout autre chose. Je lui avais répété ce que m'avait appris Michelle sur l'amitié entre le père de Jacky et Marco. Partant de là, des confidences que lui avaient faites Jacky à Surcouf et de la personnalité déroutante de notre professeur, mon camarade était persuadé qu'il existait un secret entre Marco et Jacky.

Son imagination le portait plutôt vers Alexandre Dumas que vers Proust. Son roman était moins psychologique et beaucoup moins flou que le mien. Marco, homme de gauche né en Algérie et donc susceptible d'entrer en contact avec les Européens et les Arabes, avait été envoyé à Alger pour y accomplir une mission secrète. Sinon pourquoi cette mutation en cours d'année scolaire ? Jacky, fils d'un militant communiste avec qui Marco avait été lié et dont la sœur vivait à Tunis, mariée à un avocat arabe, était son agent sur place. Bref, ils étaient engagés ensemble dans des opérations politiques clandestines. J'avais du mal à prendre au sérieux l'histoire de Solal. Mais pourquoi pas ? Comment savoir ?

Solal suivait sa pente. Je suivais la mienne.

Bousculé au jour le jour par les événements – ceux de ma vie de garçon de quinze ans qui m'absorbaient et ceux d'Algérie, auxquels je pensais peu mais qui pesaient lourd, sourdement –, j'acceptais de demeurer dans la confusion. Ma seule certitude, c'était celle qui m'était tombée dessus en contemplant la baie d'Alger depuis le balcon de ma grand-mère : « L'Algérie, c'est fini. » Je m'en détournais. Elle était trop scandaleuse, trop peu en phase avec les convictions de la communauté à laquelle j'appartenais, à l'opposé de mes espoirs d'harmonie entre les fils de ma terre. Ça arriverait. J'en étais sûr, comme j'étais sûr que ma mort arriverait. C'était inéluctable. Mais quand, comment ? La règle, c'était l'imprévisible. Il faudrait attendre la fin de l'histoire pour qu'elle soit autre chose qu'un conte plein de bruit et de fureur raconté par un idiot.

J'ai serré la main d'Albert Camus. C'est arrivé aux « Vraies Richesses », où j'allais emprunter le *Journal* de Kafka dont Marco nous avait parlé avec une ferveur irrésistible. Je pousse la porte vitrée. Au fond de la librairie, Edmond Charlot parle avec un homme. Je m'approche. L'homme se retourne. Je le reconnais. Charlot voit mon émotion :

– Eh oui, me dit-il, c'est notre grand homme !

Camus lui lance une vanne avec un accent pied-noir caricatural. Je n'entends pas bien, sauf « Oh, putain » au début. Ça devait être : « Oh, putain, lâche-moi ! » ou quelque chose d'approchant. Ils rient tous les deux. Charlot me présente et ajoute que je suis un élève de Marco. Camus ne savait pas qu'il était à Alger. Il me demande si Marco chante toujours. Je ne comprends pas. Il s'en aperçoit et poursuit.

– Il avait une belle voix de basse. Il a même commencé une carrière. Mais ça a tourné court. Je crois que Sartre a contribué à le décourager. Il se moquait de lui.

Je réponds que Marco ne nous a jamais parlé de sa vocation de chanteur.

– Il y a beaucoup de choses dont il ne se vante pas, dit Camus.

Il y a de l'ironie dans sa voix. Je défends Marco.

– C'est un excellent professeur.

– Sûrement, dit Camus.

Il me tend la main :

– À bientôt, jeune homme.

Je n'ose pas répondre « à bientôt ». « Au revoir monsieur », serait d'une platitude conventionnelle à laquelle j'échappe par le silence. J'oublie Kafka et son *Journal*.

Je sors dans la rue Michelet, enflammé de fierté. Un Dieu m'aurait donné son onction, je ne serais pas davantage exalté. Les écrivains sont parmi les hommes qui émergent du lot commun, les seuls que j'admire.

Je me précipite chez Zoé. Lorsqu'elle m'ouvre, je lui crie, essoufflé par les trois étages que j'ai escaladés par bonds.

– Albert Camus m'a serré la main !

Elle ne semble pas transportée par la nouvelle. Ça m'agace.

– Camus, tu te rends compte ! *L'Étranger, Noces !*

Je lui mets sous le nez ma main moite. Elle la renifle.

– Ah oui, c'est l'odeur de Camus. Je la reconnais !

Sa blague m'offense. Je suis furieux.

– Tu ne comprends rien ! Tu rabaisses tout !

Elle me fait signe de ne pas hurler et m'informe à voix basse que Charles est là, qu'il déjeune avec nous.

– Qui c'est ?

Au lieu de me répondre elle me pousse dans le living-room. Charles est un colonel en uniforme. Il est assis, sous le portrait de l'aïeul, dans la bergère élimée où, d'habitude, Zoubida prend place. Il a de grandes oreilles, les yeux rapprochés, un air ouvert et chaleureux.

– Mon Dieu, dit-il en me voyant. Presque un homme !

Il me prend aux épaules et m'embrasse sur les deux joues avec émotion.

– Charles t'a promené dans ta poussette, me dit Zoé.

– Tu étais un bébé superbe, ajoute le colonel. Quand on me prenait pour ton père, je ne démentais pas !

Je fais la mine amusée qui convient. Pendant la guerre, dont je n'ai aucun souvenir, sauf celui des bombardements, feux d'artifice sur la baie que nous regardions du balcon et qui m'excitaient – avec Zoé pas question de descendre à la cave : « Ça pue et de toute façon, *mektoub* » –, ma grand-mère a hébergé deux officiers. À quelle période exactement, dans quelles circonstances, combien de temps, je l'ignore. Je sais que l'autre officier a été tué et que Zoé, qui aimait beaucoup ses deux petits lieutenants de spahis, est restée liée à Charles de Gignac. Elle a pris l'avion pour assister à son mariage, elle a correspondu régulièrement avec lui et avec sa mère. Zoé est tout émoustillée par sa présence.

– Charles vient d'être nommé…

– … à Tizi-Ouzou, précise le colonel.

– Quand il a sonné tout à l'heure, quelle surprise, quelle merveilleuse surprise !

Au début du déjeuner, Zoé et son militaire ravivent leur affection en échangeant des souvenirs. Ce sont des scènes cocasses, devenues émouvantes avec le temps, que je connais déjà parce que ma grand-mère me les a souvent racontées, comme on le fait des histoires fameuses dans les familles. La plus fameuse, par laquelle ils commencent, a pour héros Henri de Perleven, l'autre lieutenant adopté par Zoé. C'était un grand séducteur de femmes mariées, mais un catholique ardent, brûlé par la foi. Surpris un soir par le cocu, réfugié en hâte sur la terrasse, sa cape rouge, son képi et ses bottes dans les bras, il a passé la nuit à prier, en attendant que la voie soit libre. Au petit jour, les cheveux en bataille, le regard illuminé, tout imprégné du parfum de sa conquête, il a annoncé à Zoé et à son frère d'armes que sa décision était prise : il allait se faire moine.

– Pauvre Henri, dit Zoé, ç'aurait été dommage. Il était tellement beau !

– C'était son drame, dit le colonel. Toutes les femmes lui tombaient dans les bras.

Tous deux rêvent un instant. Puis Charles murmure.

– Je prie pour lui chaque matin.

L'autre anecdote, qui m'a toujours paru un peu trop jolie pour être vraie, concerne Charles lui-même et ses façons aristocratiques entrant en collision avec les mœurs locales. Zoé et lui étaient allés acheter des œufs au douar de Surcouf.

La femme qui était restée timidement à la porte de son gourbi, le voile tiré sur le visage, avait tendu le bras pour les saluer. Charles s'était cassé en deux et avait baisé la main de la fatma.

– Ça a failli provoquer une émeute ! Le mari nous a couru derrière avec un bâton ! Nous avons sauté sur nos bicyclettes ! Tu pédalais dignement. Tu faisais semblant de ne pas comprendre.

– Je ne comprenais pas, réellement, je ne comprenais pas !

– Que tu étais drôle, dit Zoé. Comme nous avons ri !

Ils en rient encore. Zoé a des sécrétions blanches au coin des yeux. Charles lâche sa fourchette pour lui baiser la main. Il y met, afin de rester dans le ton d'autrefois, une galanterie compassée qui relance l'allégresse de ma grand-mère.

Ils ont la nostalgie gaie. Je les envie vaguement, aussi vaguement que je les écoute repartir dans des souvenirs où défilent des noms et des prénoms de gens que je ne connais pas. Je pense à Camus, à sa poignée de main, à ce qu'il m'a dit. Marco sur une scène d'opéra, chantant Faust, ou, parmi les flammes de l'enfer, lançant les imprécations du damné, à la fin de *Don Juan*. Simone de Beauvoir l'applaudit. Sartre ricane, avec sa voix métallique. Il est jaloux. Le Castor ne doit admirer que lui.

– L'étude de Mao Tsé-toung devrait être obligatoire pour les officiers qui servent en Algérie. Malheureusement, à l'École de guerre, ils en sont toujours à Clausewitz !

Le nom de Mao Tsé-toung m'a ramené entre Zoé

et Charles. Comment sont-ils passés, pendant que je rêvais, de leurs histoires d'autrefois à Mao Tsétoung ? J'essaie de suivre à nouveau :

– Nous ne gagnerons pas dans les djebels, dit Charles. Nous gagnerons dans les cœurs. C'est une guerre psychologique que nous devons mener en Algérie.

Je regarde Zoé. Elle écoute avec une attention de pure courtoisie. Charles ne s'en rend pas compte. Les mains posées à plat sur la nappe de chaque côté de son assiette, il déclare que l'insurrection algérienne n'est qu'un épisode de l'offensive communiste contre le monde libre. Les Soviétiques, arrêtés sur les frontières de l'est par les Américains, contournent l'Europe par le sud. Parallèlement, ils minent ses défenses de l'intérieur, grâce aux syndicats révolutionnaires et aux mouvements pacifistes qu'ils contrôlent. Les grands principes qu'ils affichent, l'émancipation des peuples colonisés, la justice sociale, la paix, ils s'en moquent. Ce sont des armes pour assurer leur hégémonie.

Il s'arrête pour boire une gorgée. Zoé en profite pour proposer de prendre le café dans la partie salon de son living-room. Elle espère, par ce changement de décor, le faire changer de sujet. La bonne éducation de Charles reprend le dessus un instant.

– Je vous ennuie, pardonnez-moi.

– Pas du tout, mon petit Charles. J'ai un peu de mal à te suivre, mais c'est ma faute : les grandes idées, je nage.

Elle file à la cuisine. Charles et moi restons face à

face. Il me pose quelques questions de convenance sur mes études et mes goûts. Je réponds brièvement. Je suis tenté de lui parler de Camus, mais le temps que je trouve un biais pour mettre, sans trop faire le fanfaron, le grand écrivain dans la conversation, il repart dans son exposé. Il ne peut pas se retenir. Ses petits yeux brillent, sa voix claironne : il a besoin de convaincre.

– Nous réussirons en Algérie ce que la lâcheté des hommes politiques nous a empêchés de réussir en Indochine. C'est une question d'honneur pour la France et de survie pour le monde libre. Ce sera long et difficile. La pente sera dure à remonter. Les colons n'ont pensé qu'à s'enrichir en faisant suer les burnous. Entreprenants d'accord, mais au fond des bourgeois bornés, avec leur intérêt pour seule ligne d'horizon. Il aurait fallu éduquer les Arabes, les traiter en frères, construire partout des écoles et des églises.

Au mot «église» qui semble lui avoir échappé, je me permets de lui rappeler que les Arabes sont musulmans. Il ne réagit pas. J'ai dû parler trop discrètement.

– Le peuple de Bab el-Oued a gardé l'énergie des pionniers. Mais ces braves gens ont basculé dans le mépris des indigènes. Les Arabes sont des spirituels et des contemplatifs. Les petits Blancs sont trop frustes et trop incultes pour les comprendre…

Il me regarde, menton haut, comme un prêcheur face à un futur converti. Il se recueille un instant, puis poursuit.

– Il faut repartir à zéro. C'est une tâche magnifique

que l'armée mènera à bien si, à Paris, on ne nous trahit pas encore une fois. Inch'Allah !

Ses propos ne m'ont pas convaincu, ni même, à vrai dire, atteint. Mais je suis sensible à l'espèce de foi qui l'anime. Les chevaliers au départ des croisades devaient afficher cet air d'engagement sans retour. Proclamer une mission sacrée et aller au bout où qu'elle mène, quoi qu'il en coûte.

Nous entendons les pas de Zoé qui revient avec le plateau de café. Charles se penche vers moi.

— Ta grand-mère est une véritable aristocrate. Elle a reçu cette grâce de Dieu. Sois digne d'elle.

Pendant que je prends congé, il me demande abruptement si je parle arabe.

— Non, enfin, quelques mots…

— Désastreux, dit-il, désastreux ! Alors cet été, au lieu de te dorer le nombril au soleil, viens faire une période en Kabylie. Tu crapahuteras dans les mechtas ! Ça te fera du bien.

Il a raison. Je ne connais presque rien de mon pays.

— D'accord, dis-je. Merci. Je viendrai.

En me raccompagnant à la porte, Zoé me demande si j'ai trouvé Charles sympathique. Elle ne me laisse pas répondre. Elle prend les devants.

— Il a beaucoup changé. Avant que tu n'arrives, je lui ai parlé de l'assassinat de Dédé. Il m'a dit que je ne le ferais pas pleurer sur la mort d'un gros colon. J'étais sidérée. Je lui ai dit que Dédé était un homme généreux et sensible, qu'il adorait la musique. Tu sais ce que Charles m'a répondu : « Hitler aussi aimait la musique. » Jeune, il n'aurait jamais dit une chose aussi dure. J'ai failli le gifler. Heureusement que je l'aime beaucoup. Mon idée est qu'il a dû beaucoup souffrir en Indochine. Ça n'arrange personne ! Mon pauvre Charles !

Début juin, à la fin du cours de Mme Lazarini, le lundi matin, le proviseur entre dans notre salle. Nous nous levons tous. Il nous fait signe de nous rasseoir, s'approche de l'estrade et parle bas à Mme Lazarini. Puis il va se placer devant le tableau à la place et à peu près dans la posture de Marco quand, quatre mois auparavant, celui-ci nous avait annoncé l'assassinat d'André Steiger. Le proviseur toussote, porte son poing devant sa bouche et murmure :

– Vous n'avez pas de chance dans cette classe, cette année…

Mme Lazarini lui jette un regard dur. Il le perçoit pour ce qu'il est : une injonction à la décence. Il passe le doigt dans son col, se raidit. D'une voix solennelle, il dit qu'il a une triste nouvelle à nous annoncer. Il marque un temps avant de poursuivre :

– Marco s'est tué dans un accident de voiture, samedi. Je viens de l'apprendre par un coup de téléphone du rectorat. Je n'en sais pas plus.

Solal, près de moi, éclate en sanglots. La plupart des autres élèves pleurent aussi, certains la tête posée sur le pupitre entre leurs bras, d'autres ouvertement, avec des larmes, des reniflements, les mouchoirs sortis pour s'éponger. Mme Lazarini est restée figée, une main ouverte sur la poitrine, comme pour parer un coup. Le proviseur, qui ne s'attendait pas à des réactions si extrêmes, prononce, gagné lui-même par l'émotion, les paroles qu'il a préparées :

– C'est une grande perte pour vous et pour nous tous. Mais le cours de vos études ne sera pas interrompu, pas plus qu'il ne l'a été lorsque M. Maguelon a dû nous quitter. Le rectorat m'a assuré que, dès la semaine prochaine, vous aurez un nouveau professeur.

Granger se lève comme un diable. Il hurle qu'on n'en a rien à foutre, qu'on ne veut pas d'un nouveau professeur, que personne ne remplacera Marco. Le proviseur lui demande de se rasseoir. Il comprend que nous soyons bouleversés mais...

– Vous ne comprenez rien, crie Granger. Vous et les autres profs, vous détestiez Marco. Alors laissez-nous, dégagez !

Il repousse violemment son banc et s'avance dans la rangée. Le proviseur recule. Derrière Granger qui marche vers lui, menaçant, c'est toute la classe qui gronde d'hostilité. Mme Lazarini le prend par le bras pour le conduire vers la porte. Il résiste un peu, puis cède. Ils sortent. Cette fuite ne calme pas Granger. Il les poursuit dans la cour. On l'entend gueuler :

– Il est où ? On l'a mis où ?

Par les fenêtres, nous le voyons rejoindre le proviseur et Mme Lazarini. Il les interroge avec de grands gestes, puis revient vers nous. D'un coup de pied, il referme la porte derrière lui et s'y adosse. Son menton mal rasé tremble.

– C'est nous autres qui allons l'enterrer. Il n'avait personne. Si vous êtes d'accord, on va chez lui. C'est là qu'ils ont posé le cercueil, dans son appartement à Diar el-Maçoul.

Nous sommes tous instantanément d'accord. Marco nous aimait, nous l'aimions. Nous étions sa famille. Il nous appartient, et à nous seuls, de le veiller, personne ne nous en empêchera.

Pour marquer que notre départ du lycée est une décision collective, nous laissons nos affaires sur les tables. Granger écrit au tableau, en majuscules : « Hommage à Marco de ses élèves. »

Nous prenons le tram, puis l'autobus, serrés les uns contre les autres. Le chagrin nous tient solidaires et le sentiment d'accomplir une mission. Marco serait content de nous. Nous montons le grand escalier de la cité. Les portiques monumentaux cadrent des vues de la baie et du ciel. Sur l'esplanade, des petits Arabes jouent au foot. Ils s'arrêtent, intrigués, pour regarder passer notre groupe. Granger, qui visiblement connaît les lieux, nous guide vers le bâtiment où se trouve l'appartement de Marco. Lorsque nous arrivons devant la porte vitrée, Bibi en sort. Son regard croise le mien.

– Oh, mon chou, c'est terrible !

Elle me prend dans ses bras, me serre contre elle. Si mes camarades sont étonnés, ils n'en montrent rien et s'engouffrent dans l'entrée. Bibi me caresse la joue.

– C'est ta classe ? C'est adorable d'être venu. Pauvres mômes, qu'est-ce que vous allez devenir sans lui ? Il vous appréciait beaucoup, beaucoup plus que ses élèves de Janson-de-Sailly. Toi, il te trouvait un peu trop sage, un peu trop bon élève. Il préférait les voyous !

Elle fouille son sac, en sort une cigarette et son briquet doré. Ses joues se creusent pour aspirer la fumée. Je lui demande si elle sait où l'accident est arrivé.

– Le flic qui m'a prévenu dimanche matin n'a rien voulu me dire. J'ai tout de suite pigé qu'il me téléphonait surtout pour me tirer les vers du nez. Ils ont mis le corps en bière et ils ont scellé le cercueil. Ils le rapatrient à Paris ce soir ou demain, comme ça, ni vu ni connu.

Elle enlève un brin de tabac sur sa lèvre avec son ongle laqué. Deux grosses larmes coulent le long de son nez. Ma gorge se serre.

Les propos de Bibi m'ont troublé, je voudrais lui poser d'autres questions sur cette mort mystérieuse, mais si je parle je vais pleurer. Bibi soupire :

– Il a tout foiré ! Mais, qu'est-ce que tu veux, il allait toujours se flanquer dans des coups louches. On ne pouvait pas l'aider : à peine ses amis le tiraient d'une sale histoire, il se précipitait dans une autre comme un crabe attiré par des trucs pas nets. C'était un type magnifique mais, quoi, tordu par ses goûts contre nature.

Bibi laisse tomber sa cigarette et l'écrase du bout du pied. Elle aurait aimé rester, mais elle doit aller chercher Christine, sa petite-fille, à l'aéroport. Elle m'embrasse et court vers le tram qui l'attend au bout de l'esplanade.

L'appartement de Marco est un deux-pièces à

peine meublé. Dans la chambre, un grand matelas, une couverture en tas, une lampe en métal posée par terre, dans le living-room une table de bridge et des chaises en bois. Le plus surprenant, c'est l'absence de livres. Le cercueil est posé sur des tréteaux. Mes camarades sont debout autour, sauf Granger, accoudé au balcon, le dos secoué par des spasmes de chagrin. Je m'approche de Solal pour lui dire que, d'après Bibi, le corps sera transporté à Paris ce soir ou demain matin. Il me désigne un homme, assis dans un angle, qui, l'appareil posé sur les genoux, téléphone à voix basse.

— Il nous a prévenus.
— Qui c'est ? Un croque-mort ?
— Non, un flic.

Solal me fait signe de le suivre. Il veut me parler. Moi aussi, j'ai à lui parler. Nous sortons sur le palier et nous nous asseyons sur la dernière marche de l'escalier. Comme il ne se décide pas, c'est moi qui commence :

— Tu crois que Marco a été assassiné ?
— Je n'en sais pas plus que toi. Mais si c'était un banal accident, ça ne se passerait pas comme ça. On l'a fait taire et maintenant on s'en débarrasse. Il devait gêner des gens.

Je poursuis le raisonnement de Solal.

— Oui, les gens qui l'auraient fait venir à Alger, parce qu'il était à la fois pied-noir et de gauche et que ça lui ouvrait des contacts dans tous les milieux. Ils l'ont utilisé puis ils se sont rendu compte qu'ils ne le contrôlaient plus…

— Ça se tient, dit Solal. Ou alors c'est une affaire

de mœurs et ils préfèrent écraser le truc. Il connaissait Sartre, Simone de Beauvoir, plein de gens. Un prof pédé qui se fait buter, ça la fout mal !

Comment Solal sait-il que Marco était pédé ? Je le regarde, éberlué. Il me toise et, au lieu de répondre à la question que je n'ai pas posée, me fait la leçon :

– Toi, on te montrerait l'eau dans la mer, tu ne la verrais pas ! Tu t'en doutais un peu, quand même ?

– Avant que Bibi me le dise, en bas de l'immeuble, je n'y pensais pas.

La porte s'ouvre derrière nous. Solal et moi, nous nous retournons. Granger, le visage rougi, nous interpelle avec une voix scandalisée.

– Arrêtez de tchatcher dans l'escalier ! C'est pas respectueux pour Marco !

– Tu as raison, dit Solal.

Nous restons autour du cercueil toute la matinée et une grande partie de l'après-midi. À midi, le flic s'en va, pour déjeuner je suppose. Nous nous asseyons par terre, les genoux entre les bras. Ceux qui fument pour tromper leur faim vont sur le balcon. Quand l'un de nous a soif, il va boire au lavabo de la salle de bains. Dans la cuisine, l'évier est plein de vaisselle sale.

Vers quatre heures, le flic revient, accompagné de quatre employés des pompes funèbres. Ils glissent des lanières de cuir dans les poignées du cercueil. Granger s'interpose :

– De quel droit vous l'emmenez ? C'est nous qu'on va l'enterrer !

Le flic l'écarte et, comme Granger devient agressif, sort de la poche de sa veste une liasse de papiers.

— Vous êtes de la famille ? Non ! Alors laissez-nous faire notre travail. Le défunt sera inhumé à Ivry-sur-Seine.

— Où c'est, Ivry-sur-Seine ?

— Je n'en sais rien, petit ! Mais c'est écrit là ! Un convoi prendra le corps à Orly et le conduira au cimetière d'Ivry-sur-Seine, dans le caveau de la famille Roux.

— Il ne s'appelait pas comme ça, crie Granger.

— Les familles, c'est compliqué, dit le croque-mort.

Ils descendent le cercueil par l'escalier. Les deux qui marchent devant le portent sur les épaules, leurs collègues, derrière, le soutiennent par les courroies.

À chaque coude de l'escalier, ils doivent manœuvrer pour que ça passe. Nous suivons.

Le fourgon est garé devant l'immeuble. Ils y glissent le cercueil. Le chef rabat les portes. Les autres sont déjà installés à l'intérieur. Ils klaxonnent pour éloigner les curieux et démarrent. On n'a pas envie de se séparer. On s'assoit par petits groupes sous les arches face à la baie. On se jure de ne pas oublier Marco. On se jure aussi de ne pas accepter qu'un professeur prenne sa place.

Serment tenu : pendant le mois qui nous séparait de la fin de l'année scolaire, nous nous sommes réunis aux heures habituelles des cours de Marco et nous avons travaillé seuls, avec tant de zèle que le proviseur en a pris son parti.

Les filles et les garçons qui boivent du champagne sous la pergola de roseaux dressée par Ali et son fils Mouloud n'ont pas trop l'accent pied-noir. Je les connais tous, au moins de vue. Ce sont, comme moi, des bourgeois, ni arabes ni juifs. Ceux que je ne connais pas n'ont pas d'accent du tout. Ce sont les enfants des fonctionnaires et des militaires venus de France, qui occupent, au Gouvernement général et dans les états-majors, de gros postes. Si Bibi a invité ces rejetons de bonne famille pour montrer à Christine qu'il existe à Alger des jeunes gens parmi lesquels elle pourrait se plaire, elle s'est trompée. Je connais à peine Christine, mais je suis sûr qu'elle préférerait Solal et Granger. Je les imagine débarquant sous la pergola, devant les buffets drapés de blanc : Solal, hérissé d'hostilité, intimidé et le cachant avec assurance, Granger rigolard et provocant.

La fête pour l'anniversaire de Christine a lieu dans la maison de plage des Steiger, le bordj au bord de la mer où je l'ai rencontrée, le jour où son père a tué un pêcheur. Mais c'est Bibi qui reçoit, toutes voiles dehors, comme si elle était chez elle. Son fils et sa belle-fille, les parents de Christine, n'y assistent pas, Karen Steiger non plus. Zoé m'a dit que Xavier et Anne-Marie étaient, de nouveau, sur le point de divorcer. La veuve de Dédé est partie s'installer dans son chalet de Megève avec une infirmière. Elle ne s'est pas remise de l'assassinat de son mari : sa voix chevrote tellement qu'on ne la comprend plus.

Bibi m'accueille en me tendant une coupe. Faux cils, lèvres écarlates, grands anneaux d'oreilles, turban, pyjama de plage en tissu mou comme en portaient les mannequins dans les années 30, elle est au mieux dans son genre. Je ne l'ai pas revue depuis que nous nous sommes croisés au pied de l'immeuble où reposait Marco. Elle est la seule qui doit pouvoir répondre aux questions que Solal et moi continuons de nous poser à propos de notre professeur. L'interroger me gêne, mais je ne veux pas laisser passer l'occasion. Je lui raconte brièvement l'arrivée des croque-morts pendant que nous veillions le corps et lui demande pourquoi Marco a été enterré à Ivry-sur-Seine.

– C'est là que sa mère habitait, en tout cas, c'est ce qu'il m'avait dit. Elle s'était remariée avec un homme que Marco détestait. Elle, je ne l'avais pas revue depuis Sidi-bel-Abbès, ça fait un bail !

Je lui demande encore si elle sait pourquoi on a muté Marco à Alger en cours d'année scolaire. Était-ce pour lui confier une mission politique ?

Bibi se récrie :

– Où tu as été pêcher ça ? C'était pour lui éviter le scandale. À Janson-de-Sailly, le père du garçon faisait un foin du diable. Tout le monde est intervenu, même André Steiger, pour tirer Marco de là et le faire nommer à Alger. C'est remonté aux ministres !

– Si c'est remonté aux ministres, peut-être qu'on a utilisé Marco…

– Avec Marco, tout est possible, dit Bibi. C'était un drôle de zozo !

Elle me tapote la joue :

– Mon chou, ne parlons plus de Marco. C'est trop triste !

Ses yeux brillent. Une fraction d'instant, je crois que ce sont des larmes. Mais elle tend le bras et, comme si ce qu'elle me désigne effaçait d'un coup les équivoques et le chagrin, me lance :

– Regarde ! Elle est sublime, non ?

Je me retourne. Christine descend l'escalier du bordj, discrète et ravissante.

– Je l'adore ! dit Bibi. Quel chic ! Et si gentille ! Elle a accepté de fêter ses dix-huit ans ici, uniquement pour me faire plaisir. Ça lui coûte de venir à Alger. Elle trouve les pieds-noirs vulgaires, « couscous-merguez » comme dit Anne-Marie. Venant de la fille de Dédé Steiger, avoue que c'est un comble ! Mais, Christine, regarde-la : c'est mon trésor, c'est ma princesse !

Je m'apercevrai un peu plus tard que l'aversion de Christine pour les pieds-noirs ne doit pas grand-chose au snobisme que lui prête sa grand-mère.

Bibi s'est précipitée vers sa princesse. Elle a passé son bras autour de ses épaules et, pétulante de fierté, la présente aux invités. Christine parle à chacun, sourit, fait sourire. J'admire la simplicité avec laquelle

elle tient son rôle. C'est comme un cadeau que je reçois. Cette jeune fille, dont je suis déjà tombé amoureux dans des circonstances qui n'invitaient pas aux sentiments ni au désir, m'attire. J'ai l'impression qu'auprès d'elle, malgré son extrême beauté, je n'aurais pas besoin de me montrer brillant ou de faire un numéro d'humilité exagéré. Il suffirait que je réussisse d'abord à surmonter ma timidité. Ce n'est pas encore le cas. Je quitte l'ombre de la pergola et je m'éloigne.

À midi, en juin, la lumière est violente. Elle écrase les reliefs et les couleurs. Le bleu du ciel blesse les yeux. La plage se perd à l'ouest, entre les dunes et la mer, dans une espèce de vapeur beige.

À gauche du bordj, derrière la haie d'aloès qui dissimule les communs, le grand Mouloud tourne la broche du méchoui, accroupi dans le sable, la tête entourée d'un chèche pour se protéger de la chaleur qui monte du lit de braises. Un petit garçon que je ne connais pas – j'apprendrai tout à l'heure que c'est le fils de Mouloud et qu'il s'appelle Abdelkader – trempe dans un seau de zinc un bouquet de laurier attaché à un manche à balai. Son pinceau géant tendu à bout de bras, il enduit le mouton d'huile et de beurre fondu. Des cloques se forment sur la peau grillée. Le gras goutte sur les braises. Ça crépite. Ali, le majordome des Steiger, se tient en retrait de son fils et de son petit-fils. Il a enfilé une gandoura blanche par-dessus son bleu de travail quand les premiers invités sont arrivés. Les yeux plissés, son visage à la peau dépigmentée tendu par l'attention, il surveille les opérations.

Elles ont commencé à l'aube : creuser un trou rectangulaire, y allumer le feu avec des lattes de cageot cassées en petits morceaux, nourrir les flammes sans les étouffer en disposant, l'une après l'autre, des souches de vigne, embrocher le mouton, fixer, avec du fil de fer, ses pattes avant et arrière sur la tige métallique qui le transperce du cou à la queue, saupoudrer l'intérieur de la carcasse de sel et de cumin, la coudre avec du fil de fer plus souple que celui qui a servi pour les pattes, poser la bête crue sur les tréteaux qui encadrent le trou où les souches brûlent, puis, d'heure en heure, la soulever ou la rapprocher du foyer afin que la cuisson soit parfaite, « juste comme il faut », « aux petits oignons », « soi-soi », comme me dit Ali en me serrant la main. Je serre aussi celle de Mouloud. Il me désigne son fils d'un mouvement de tête – « lui, c'est Abdelkader » –, puis me désigne à l'enfant du même mouvement de tête dans l'autre sens – « lui, sa mémé, c'était l'amie du patron ».

Ali s'approche du méchoui. Il le pique en plusieurs endroits avec une fourchette à deux dents. Mouloud, Abdelkader et moi attendons son verdict.

Il se redresse et s'éponge le front d'un large mouvement de bras.

– C'est bon ! Nous sommes « ça y est ».

Il porte sa main aux doigts joints devant sa bouche, l'ouvre comme une fleur qui éclôt :

– Tu vas te régaler, fils !

Il donne, en arabe, ses instructions à son fils et à son petit-fils puis contourne la haie d'aloès. Il va se poster sur l'escalier, face à la pergola où les invités continuent de boire du champagne. Il frappe dans ses mains pour faire taire les conversations et annonce, d'une voix de stentor :

– Le méchoui de Mademoiselle Christine est servi !

Mouloud et Abdelkader paraissent avec le mouton embroché. Tout le monde applaudit. Christine rejoint Ali sur les marches, elle l'embrasse puis crie :

– Bravo Ali ! Un ban pour Ali. Pour Ali, hip-hip-hip, hourra !

Tout le monde hurle trois fois :

– Pour Ali, hip-hip-hip, hourra !

On mange le méchoui avec les doigts. Il est inconvenant de se servir de couteaux et de fourchettes, comme le font les enfants de fonctionnaires et de militaires, débarqués de France depuis peu. On les voit, ces malheureux, découper des bouts sanguinolents dans les gigots et se les offrir les uns aux autres avec des rires gênés et, de la part de quelques filles, des grimaces de dégoût.

Depuis tout petit, j'adore le méchoui et, d'instinct, je repère les bons morceaux. Comme pour jouir des vagues à Surcouf, je suis un expert. Je me gave. Christine est venue se placer à côté de moi. Elle a dû remarquer que je connais mon affaire. Sans rien me demander, elle m'imite. Où je place mes doigts, elle place les siens, arrache le lambeau de peau grillée, le saisit entre ses dents. C'est brûlant. Nous nous sourions, les lèvres luisantes de graisse. Nous continuons à nous sourire en mâchant. Elle se débrouille très bien pour une Parisienne. Je le lui dis. Ça la fait rire.

– Ça doit être dans les gènes !

Elle finit par abandonner, rassasiée. Je continue. Ceux qui se pressaient autour du mouton décrochent l'un après l'autre. Ali, Mouloud, le petit Abdelkader et moi restons seuls autour de la carcasse. Je suis fier de ma capacité, égale à la leur, de me remplir la panse de viande quand il y en a.

Je vais me savonner les mains dans les toilettes du rez-de-chaussée, carrelées d'azulejos bleus et verts, dans le goût arabo-andalou. Il y fait frais. Je prolonge ce moment tranquille : je nettoie les éclaboussures de graisse sur ma chemise, je pisse, je m'asperge le visage d'eau, je me rince la bouche et j'active ma langue pour décoincer les filaments de viande entre mes dents. Christine n'a pas fait allusion à notre première rencontre, ne m'a pas même dit bonjour. Elle a sauté ces préliminaires, comme s'ils étaient inutiles entre nous. Nous avons renoué en mangeant le méchoui avec nos doigts. Les deux répliques que nous avons échangées ont donné le ton de notre relation ; promesse d'une complicité qui tournera peut-être à la tendresse, peut-être pas. C'est déjà délicieux, cette vibration légère.

Je sors des toilettes. Les invités se sont mis en maillot et ont gagné la plage. Certains se baignent. Des garçons jouent au volley-ball. Bibi, enroulée dans un paréo, les yeux cachés par des lunettes de star, me dit que Christine est en haut, avec ceux qui n'osent pas se baigner « sur la digestion ».

Je monte. Dans le salon aux voûtes mauresques, Christine danse sur l'air de *Rock around the clock* avec un grand type blond. Elle a remplacé sa robe par un pantalon noir et une chemise d'homme blanche, pas boutonnée, dont elle a noué les pans sur sa taille. Les petites Algéroises, en robe corolle de vichy rose, les cheveux crêpés à la Bardot, et les filles de généraux qui portent barrettes, talons plats et colliers de perles sur leur chemisier paraissent, par comparaison, des provinciales endimanchées. Christine n'a pas l'air de se rendre compte de la jalousie qu'elle provoque. Son partenaire de rock lui impose des passes compliquées sur un rythme saccadé. Elle échappe à ses reprises en main par des glissements à contre-temps du rythme. Sa gaucherie ajoute à son charme. Le fait-elle exprès ou pas ? Si c'est de l'affectation, il n'en paraît rien. Plus je la regarde, plus je souris.

Elle refuse en riant de danser un second rock, va prendre une bouteille de Coca-Cola et s'approche de moi en buvant au goulot. Elle me dit qu'elle est en nage. Je lui propose un bain. Elle me répond qu'elle a peur de la mer, qu'elle nage très mal. Dès qu'elle perd pied, elle panique.

– Nous resterons près du bord.

Elle craint aussi de s'exposer au soleil.

– Nous prendrons un parasol.

Dans le garage à bateaux où je me déshabille, la vedette d'acajou qui a tué le pêcheur repose sur une remorque. Des parasols sont entreposés dans un coin. J'en mets un sur mon épaule et j'attends Christine en bas de l'escalier. Elle met du temps à arriver, le visage enduit de crème solaire, un chapeau de toile enfoncé sur la tête, le corps couvert d'une blouse à manches longues qui lui tombe sur les mollets. Apparemment, elle craint le soleil beaucoup plus que le ridicule. Pourtant, elle me demande si ça ne m'ennuie pas trop que nous nous éloignions des garçons et des filles qui occupent la plage devant la maison.

– Ils sont tous tellement bronzés, tellement à l'aise dans l'eau.

Nous marchons dans le sable. Il est brûlant. Elle porte des sandales, mais je suis pieds nus : je lui propose qu'on s'arrête. Elle trouve qu'on est encore trop près. Je me brûle les pieds jusqu'à l'endroit qui lui convient. Elle me regarde planter le pic et déployer le parasol. Elle se réfugie à l'ombre. Je la regarde enlever son chapeau puis sa blouse. Elle porte un maillot noir d'une seule pièce. Sa peau est extrêmement pâle. Habitué à des corps de filles plus immédiatement appétissants, il me faut une à deux secondes pour la trouver sublime. Je rougis et m'efforce de ne pas attacher mes yeux de façon trop insistante sur ses seins et sur ses fesses comprimés par le tissu élastique. Elle entre dans l'eau jusqu'aux genoux. Je l'imite et reste près d'elle, espérant qu'elle aura besoin de mon aide pour surmonter sa peur. Mais elle me suggère d'aller nager : elle préfère barboter seule. J'obéis. Quand je reviens, elle est installée sous le parasol, allongée sur le flanc, le coude plié pour soutenir sa tête. Je la trouve moins belle que tout à l'heure. Elle manque de chair aux cuisses et aux épaules.

– Vous ne vous séchez pas ?
– Je serai sec dans une minute, dis-je.
– Au moins les cheveux.

Elle me tend une serviette. Pour lui faire plaisir, je

me frotte le crâne puis je m'assois au soleil, dans une posture virile, gardien de sa fragilité. Un Arabe approche au bord de l'eau, pieds nus et le pantalon retroussé. Je le lui montre.

– C'est comme dans *L'Étranger*!

Mon effet tombe à plat. Elle n'a pas lu le roman de Camus. Je suis obligé de lui raconter la scène où Meursault tue un Arabe sur une plage, sans raison. Ça ne l'intéresse pas. Elle m'interrompt brusquement :

– De quel côté êtes-vous ?

Comme, décidément, cette fille ne m'intimide plus, je suis sur le point d'avancer mes pions en lui répondant : « De votre côté. » Son air sévère me retient : elle n'attend pas de galanteries.

– Je ne comprends pas bien, dis-je.

– Êtes-vous du côté des Algériens en lutte ou du côté de ceux qui occupent leur pays ?

Je ne m'attendais pas à une discussion politique, surtout démarrant de façon si radicale. Pourtant, captivé par le charme de Christine, ça ne me gêne pas d'y entrer.

– Et vous ?

– Je suis anticolonialiste, dit-elle. Je méprise ceux qui ne le sont pas. L'impérialisme, c'est le mal absolu.

La conviction qu'elle affiche ne me choque pas. Ce ne sont que des mots. Je ne les prends pas au sérieux. Christine a dix-huit ans, elle me plaît. La dure réalité se traite ailleurs.

– Il y a longtemps que vous êtes anticolonialiste ?

– Depuis que je réfléchis, grâce à Jean Genet. Si

vous passiez deux heures avec lui, il vous convaincrait, vous n'auriez plus aucun doute.

– Ça m'étonnerait que je le rencontre, dis-je. Et ça m'étonnerait qu'il puisse me convaincre. Quand on est pris dans le truc et qu'on y est né, c'est compliqué.

– Ce sont des excuses sentimentales de petit-bourgeois. Il faut choisir son camp.

Les phrases ne sont pas d'elle. C'est évident au son de sa voix. Elle les répète comme au catéchisme, avec l'assurance d'une convertie. Ça me fait sourire :

– Vous voudriez que je rejoigne le FLN, que je tue les pieds-noirs et les Arabes qui ne veulent pas se rallier ?

Il y en a beaucoup, vous savez !

– Pourquoi pas ?

– Vous trouvez que le fellagha qui a assassiné André Steiger est un héros ?

Elle hausse les épaules.

– Ne mélangez pas tout. La mort de Dédé m'a fait de la peine. Mais...

C'est à mon tour de l'interrompre brutalement.

– Mais quoi ? Il la méritait, c'est ça que vous alliez dire ?

– J'allais dire que les chagrins individuels ne comptent pas.

– Eh bien pour moi, oui.

Je me lève. Elle me demande où je vais.

– Je n'ai pas envie de me disputer avec vous. D'ailleurs tout ce qu'on dit, ça ne sert à rien. C'est du vent.

Je m'éloigne. Puis je reviens. Elle s'est couchée sur le dos, les yeux fermés.
— Je vous laisse le parasol ou je le ramène ?
Elle ouvre les yeux :
— Je suis désolée de vous avoir mis en colère.
— Ce n'est pas grave. Le parasol ?
— Laissez-le.

Christine m'a téléphoné deux ans plus tard. Je venais d'arriver à Paris pour faire une hypokhâgne au lycée Louis-le-Grand. Je n'y étais venu qu'une fois, avec Zoé, à douze ans. Sauf des parents éloignés que je n'avais jamais vus, je n'y connaissais personne. Bibi avait certainement demandé à sa petite-fille de s'occuper de moi. Elle m'a invité chez elle, une maison couverte de vigne vierge dans un hameau privé du VIIe arrondissement, « derrière le ministère des Colonies », m'avait-elle dit pour la situer, ce qui m'avait fait sourire. Anne-Marie, sa belle-mère, divorcée pour de bon de son père, occupait le rez-de-chaussée et lui avait laissé l'usage de l'étage mansardé.

Habitué à la lumière d'Algérie, Paris me paraissait sinistre. Les immeubles n'avaient pas été débarrassés de leur crasse : on était en 1957, Malraux qui prendrait l'initiative du nettoyage des façades n'était pas le ministre d'une Ve République qui n'existait pas encore. Dans l'impasse de Christine, les marronniers perdaient leurs feuilles sur les pavés. Ça sentait le pourri. Comment Anne-Marie Steiger, qui était riche, avait- elle pu choisir d'habiter un endroit aussi humide et sombre ?

Christine m'avait demandé de venir vers huit heures. Je pensais donc que c'était un dîner. La porte à peine ouverte, elle m'a annoncé, en finissant de fixer à ses oreilles des trapèzes de perles, que nous allions à Verrières. Elle était ravie, presque fébrile. Cet enthousiasme de midinette bousculait l'image que j'avais gardée d'elle : une jeune fille que rien n'impressionne.

– J'espère que ça te fait plaisir ?

Touché par le tutoiement, j'ai approuvé. Je n'avais aucune idée de ce que c'était que Verrières.

Christine m'a embarqué dans une deux-chevaux garée rue Oudinot, devant le hameau.

Un type d'apparence banale était assis au volant. Christine nous a présentés par nos prénoms. Il devait avoir au moins trente ans. Assis derrière lui, j'ai remarqué que son crâne se dégarnissait. Pendant le trajet, j'ai compris, à la conversation qui s'échangeait devant moi, que ce Francis travaillait dans une maison d'édition et, surtout, qu'il était le petit ami de Christine. Le vague et peu pressant espoir de renouer avec elle une relation amoureuse, restée en plan sur la plage des Steiger, s'est évaporé. Cette fille n'était pas pour moi.

Après cette soirée, nous nous sommes d'ailleurs perdus de vue, jusqu'à cette rencontre inopinée à Marseille, bien des années plus tard, où Christine, abîmée par la vie, avait tant changé qu'elle semblait une autre personne. Bien des années plus tard aussi, j'ai reconnu Francis dans un débat à la télévision sur la guerre d'Algérie. Il évoquait, avec un recul d'historien, le réseau des intellectuels engagés qui avaient porté les valises du FLN.

Nous nous sommes arrêtés dans un restaurant de banlieue pour manger une choucroute. L'élégance de Christine y faisait tache. Ça ne la dérangeait pas. Elle me traitait en petit cousin de province, vantait mes mérites de bon élève à son compagnon qui s'en fichait. Par provocation, pour sortir de mon rôle bébête, j'ai raconté qu'au lycée, la veille, j'avais signé une pétition qui condamnait les tortures commises par l'armée française en Algérie.

– Mais j'ai ajouté en bas de la feuille que je condamnais aussi le terrorisme aveugle.

Nous étions en plein dans ce qu'on a appelé la bataille d'Alger. Après la campagne d'attentats menée par le FLN dans les cafés et les lieux publics, tuant et blessant au hasard ceux qui s'y trouvaient, les parachutistes de Massu avaient, sur l'ordre du gouvernement, pris la ville en main. Ils utilisaient tous les moyens pour neutraliser les poseurs de bombes. Dans les journaux français, les passions s'affrontaient. Il y avait deux camps : ceux qui pardonnaient tout aux Algériens en lutte et légitimaient le terrorisme, arme des peuples pauvres et opprimés, ceux qui pardonnaient tout aux soldats français en lutte contre les assassinats d'innocents et légitimaient la torture, moyen efficace d'obtenir des renseignements. Le professeur de philosophie qui avait fait circuler la pétition, découvrant mon addendum, m'avait sèchement enjoint de me lever. Utilisant comme référence l'affaire Dreyfus, il avait martelé à mon intention que le combat de la justice contre un ordre injuste est un absolu. En l'occurrence, quand on avait une conscience morale et une conscience politique, le choix s'imposait. Il était indigne d'excuser les atrocités des uns par les prétendues atrocités des autres. Mes camarades de classe, ces jeunes intellectuels parmi lesquels je vivais désormais et que j'admirais, m'avaient conspué : j'étais un raciste, un colonialiste, un salaud. Je n'étais pas fier. Il me semblait clair que renvoyer dos à dos les adversaires n'était pas une position intellectuelle tenable. Pourtant, je m'y tenais, insatisfait mais buté.

Je n'étais pas plus fier en terminant mon histoire devant Christine et son ami. Qu'est-ce qui m'avait pris de raconter ça ? Francis a jeté sa serviette sur la table, comme pressé de quitter un mauvais lieu. Christine m'a tapoté la main, avec une sollicitude de garde-malade.

– Tu n'as pas changé, m'a-t-elle dit.

Nous sommes remontés dans la deux-chevaux. Peu après, nous sommes entrés dans un parc. Il faisait nuit. Je ne distinguais pas grand-chose, suffisamment pour me rendre compte que nous étions devant une maison pour privilégiés de la fortune et du goût. Il y avait, dans les salons, une vingtaine de personnes, certaines habillées élégamment, d'autres en tenue négligée. J'ai cru reconnaître Orson Welles fumant le cigare devant une porte-fenêtre, entre des rideaux à embrasses.

Une femme est apparue en haut de l'escalier. Elle portait une robe gris tourterelle. Elle boitait légèrement et semblait triste, d'une tristesse fine qui convenait à son visage aristocratique, marqué par le temps. Je l'avais vue à la télévision articuler des inconvenances d'une voix délicieusement affectée.

C'était Louise de Vilmorin. Sa présence m'a apporté une bouffée de réconfort. Il y avait chez cette femme, sous le vernis de raffinement mondain, quelque chose de radicalement libre, presque sauvage. J'avais l'impression d'être chez Proust, devant la duchesse de Guermantes. Elle s'est arrêtée en bas de l'escalier, une main sur la rampe, l'autre portée au-devant d'elle pour prévenir ceux qui la regardaient qu'elle allait leur offrir la drôlerie qui venait de lui passer par la tête.

– J'ai compris une chose. Pour dire des choses importantes, il faut être quelqu'un d'important et mon Dédé est quelqu'un de très important !

J'ai ri avec les autres. Ça m'amusait que la châtelaine de Verrières, auteur de poèmes à la prosodie savante et de romans faussement légers, ait, comme Zoé, un Dédé dans sa vie. Bien plus tard, j'ai appris que le Dédé de Louise, c'était André Malraux.

Francis me regardait. C'était la première fois de la soirée que je semblais l'intéresser. Il a pointé un doigt sur ma cravate.

– Ta cravate est encore un peu rasta ! Et tu aurais intérêt à cacher ton air de ravi de la crèche, ébloui par les snobs. Mais tu apprendras ! Je suis sûr que ça ira bien pour toi à Paris !

Dès que nous approchons, les Kabyles envoient quelqu'un nous observer, le plus souvent un enfant. Sa perdrix apprivoisée serrée contre la poitrine, il descend droit sur nous par l'escalier de grandes pierres plates qui conduit du village à la fontaine. Les trois supplétifs en battle-dress vert olive qui me servent de gardes du corps se sont accroupis sur le terre-plein durci par les piétinements des femmes quand elles viennent chercher l'eau. Le petit s'accroupit aussi, un peu plus haut, sous un figuier. Il rabat sa gandoura trop courte entre ses jambes. La perdrix qu'il a lâchée s'éloigne, le cou dressé. Il tire la ficelle attachée à sa patte. Elle se tasse au sol. Je lui demande comment il s'appelle, quel âge il a. Il me regarde sans répondre. Les paupières de son œil gauche sont collées et suintent.

– Son père est parti au maquis, me dit le grand Belkacem. Maintenant sa mère reste avec les cinq enfants... Dépêche-toi de mesurer ici, il y a encore une fontaine de l'autre côté de la crête.

Je glisse le broc de zinc gradué sous le filet d'eau qui coule de la canalisation et je déclenche le chronomètre. Le lieutenant Chamoutton m'a chargé de mesurer le débit des fontaines. Accompagné de mes trois gaillards, pétoires en bandoulière, je marche dans les sentiers, de village en village, avec le broc, le chronomètre et un carnet à spirale où je note mes mesures.

Quand je suis arrivé à Tizi-Ouzou, le colonel de Gignac m'a confié au lieutenant Chamoutton – « C'est à ma demande que ce garçon vient voir la Kabylie, et le travail de l'armée française : montrez-lui, Chamoutton ». En sortant du bureau, le lieutenant était carrément furieux. Être convoqué à l'état-major pour se retrouver avec, dans les pattes, un môme pistonné par le colonel, ça ne passait pas. Il a jeté ma valise à l'arrière de sa Jeep, m'a fait signe de monter et a démarré en trombe. La sentinelle qui tardait à relever la barrière, à la sortie de la caserne, en a pris pour son grade. Nous sommes sortis de Tizi-Ouzou, avons roulé une vingtaine de kilomètres sur la route goudronnée puis, sans ralentir, nous nous sommes engagés sur un chemin de terre à forte pente et multiples virages. Au passage des rigoles creusées l'hiver par le ruissellement des eaux et maintenant, en août, sèches comme de la pierre, j'étais propulsé au-dessus de mon siège. Chamoutton a freiné pour enclencher le crabotage. Les quatre roues de la Jeep se sont accrochées dans la caillasse.

– C'est là-haut, m'a-t-il dit avec un coup de menton.

Au sommet du piton, trois bâtisses avec des toits en fibrociment sont posées sur une esplanade poussiéreuse. Deux rangées de fil de fer barbelé en rouleaux les entourent. La barrière qui ferme l'entrée est surmontée d'un arceau en bois où est écrit, noir sur fond rouge : IIe RIMA. Quand nous sommes arrivés, un énorme bouc blanc s'était campé dessus. On sentait sa puanteur à cent mètres. Dans un coin de la cour, un Arabe d'à peu près mon âge tapait à la machine, assis devant une table en formica. Chamoutton lui a crié : « Kader, tu trouves une piaule et un treillis à Monsieur. »

Chamoutton a disparu et Kader s'est précipité vers moi, tout sourire. Chétif, le visage sans cesse tiraillé par la nervosité, il avait laissé pousser ses poils de moustache et les roulait entre le pouce et l'index, histoire de se donner de l'autorité. Il m'a guidé jusqu'à une pièce sans fenêtre, meublée de quatre lits pliants en toile kaki et de quatre armoires en fer, également kaki. Tout de suite familier, cherchant à plaire, volubile, il sautillait autour de moi.

– C'est le dortoir des employés civils. Tu seras bien. Tout à l'heure, je te montre le W.-C. et la douche. Si tu veux quelque chose, tu me demandes. Le lieutenant, il grogne mais il est gentil. Tu viens d'où ?... Alger, c'est beau, c'est la capitale. J'ai un cousin qui travaille là-bas. Un jour, j'irai le voir. Tu restes combien de temps ?... Quinze jours, c'est pas beaucoup. Tu es ami avec le lieutenant. Alors pourquoi il a été te chercher à Tizi-Ouzou ?... Tu connais le colonel ? Il est venu ici pour l'inspection. Il m'a serré la main... Tu parles pas beaucoup ! Mais avec moi tu peux avoir confiance, mon frère. Je suis auxiliaire administratif, avec un contrat et tout. Si tu veux, je te prête des bouquins !

Il a sorti de dessous son lit une pile de romans-photos, puis, en gloussant, un livre poisseux à force d'avoir été tripoté.

– C'est un soldat qui me l'a donné ! Si je le rapporte chez moi, mon père il me tue !

C'était le *Kama-sutra*, orné de dessins érotiques très colorés.

J'ai dîné au mess, avec une trentaine de soldats en tricot de corps, accablés de chaleur. Au contraire de Kader, ils ne manifestaient aucune curiosité à mon endroit. Au bout du banc où j'avais pris place, j'ai mangé la salade de tomates et d'œufs durs, une portion de ragoût de mouton et un flan. Chamoutton m'a fait signe de le rejoindre à sa table. Il m'a offert une bière.

– C'est vrai que vous n'êtes jamais venu en Kabylie ?

Je lui ai répondu que le colonel exagérait. Je connaissais les villes de la côte, surtout Djidjelli dont j'avais visité les ruines romaines et où j'avais pêché au harpon. Je connaissais aussi Tikdja dans le massif du Djurdjura. J'allais y skier avec mon père.

– Quand la neige bloquait la route, on continuait à pied jusqu'au refuge. Les gens du Club alpin avaient installé un remonte-pente et organisaient des compétitions.

Pour dérider Chamoutton, je lui ai dit sur le ton de la blague qu'à douze ans j'avais été sacré champion junior d'Afrique du Nord de slalom.

Il a ri :

– Ne racontez pas ça en France. On ne vous croira pas.

– Pourtant, c'est la vérité !
– Vous aviez la belle vie en Algérie !

Il a allongé ses grandes jambes.

– Qu'est-ce que je vais faire de vous ? C'est plutôt calme dans le secteur, mais si je vous emmenais en opération et que vous preniez une balle dans la tête, j'aurais des ennuis.

Il a fini sa bière, puis, après un instant de réflexion, m'a parlé des fontaines.

– Les femmes s'éreintent à charrier l'eau dans des bidons. Les villages sont construits sur des crêtes et les sources coulent en contrebas, forcément. Ce n'est pas mon job, mais avec quelques pompes et des tuyaux, on pourrait faire monter l'eau jusqu'aux maisons. Il faudrait mesurer le débit, voir où c'est rationnel. Il me faudrait aussi une subvention. Comme vous êtes pistonné par le colonel, vous pourriez être utile…

L'enfant reprend sa perdrix et nous suit. Nous traversons le village pour gagner l'autre versant de la crête où Belkacem m'a dit que se trouvait une deuxième fontaine. Les femmes entrouvrent les portes pour nous regarder passer. Les petites filles en robes jaunes et rouges se tortillent de rire. Les trois supplétifs ont allongé leurs fusils sur leurs épaules, les bras suspendus à la crosse et au canon. Ils s'arrêtent pour saluer des parents et des connaissances, échangent avec eux des plaisanteries en kabyle. Un vieillard, assis contre un mur, rabat le capuchon de sa gandoura et m'interpelle :

— *How are you, young man ?*

Belkacem m'explique que ce *chibani* a vécu vingt ans à New York.

— Quand il est revenu, il a acheté des oliviers, mais sa femme et ses fils lui ont tout pris. Ça l'a rendu maboul. Maintenant il va parler américain avec les pères blancs de Taguemount. Ils lui donnent à manger et même des souliers. Dis-lui que tu connais l'Amérique.

— Je ne la connais pas.

— Dis-lui quand même, ça lui fera plaisir.

Chamoutton a apprécié le rapport sur le débit des fontaines que j'ai rédigé et que Kader a tapé à la machine, puis relié en deux exemplaires avec grand soin. Il nous a autorisés à l'accompagner dans une tournée des villages qu'il appelle « opération de nomadisation ».

On part à pied à travers la montagne. Je marche à côté du sous-officier radio qui a chargé son matériel sur un mulet.

À Affrou, Chamoutton rassemble les membres du conseil communal sur la terrasse de terre battue où ils tiennent leurs délibérations. Ils s'assoient en rond avec le lieutenant. Ils échangent les souhaits et les politesses traditionnelles. Puis le lieutenant reprend son ton militaire. Il avertit la *djemaa* que quiconque hébergera, nourrira, renseignera les fellaghas sera considéré comme un rebelle et traité comme tel. Les Kabyles écoutent, silencieux. Il marque un temps d'arrêt puis ajoute que les services de renseignements ont signalé qu'une bande d'une douzaine de gus circulait dans la région. Un ancien combattant qui arbore une brochette de médailles sur son veston élimé répond au nom de tous : « Ils n'ont rien vu. Ils ne savent rien. Tout est tranquille. »

Je me suis adossé à un peuplier pour suivre la scène. Le grand Belkacem vient me chercher. Il est d'humeur joyeuse et sent le rhum. Comme la plupart, sinon tous les hommes, il boit de l'alcool. Personne ne s'en offusque à condition que ça ne se voie pas. Convié, au cours de mes tournées des fontaines, à des agapes improvisées, je n'ai jamais vu une bouteille ni compris par quel tour de passe-passe le rhum, dans les gobelets d'acier, remplaçait la limonade – « la gazouze » – avec laquelle on était censés trinquer.

– M. Djaoud t'invite à manger chez lui.
– Qui c'est ?
– L'instituteur. Lui, il te connaît.

La demeure de M. Djaoud est une villa qui paraîtrait modeste dans la plaine mais qui, au milieu des maisons kabyles en torchis, a des allures modernes, presque luxueuses. Mon hôte m'accueille devant le perron, sous une treille. Costume marron, lunettes, barbiche, français châtié, courtoisie et humour, j'aurais deviné sa profession si Belkacem ne me l'avait déjà apprise.

– Vous êtes donc le petit-fils de Mme Zoé. Ne soyez pas surpris que je le sache. Les nouvelles circulent vite dans nos montagnes. Le téléphone kabyle est plus rapide que le téléphone arabe ! Ma fille Zoubida, qui travaille avec votre grand-mère, nous parle souvent de vous dans ses lettres. Malgré sa timidité, elle a le don d'observation. C'est l'arme secrète de nos jeunes filles dans une société patriarcale.

J'assure M. Djaoud que je lui aurais rendu visite si j'avais su qu'il était le père de Zoubida, que ma grand-mère aime tant et que moi-même...

Il m'interrompt avec un sourire indulgent.

– Je vous en prie, ne vous excusez pas. Votre ignorance est bien naturelle.

Une femme en costume kabyle nous sert le déjeuner dans le jardin. Elle court de la cuisine à la table, sans se mêler à la conversation. Je la prends pour une servante jusqu'au moment où elle s'assoit près de moi sur un petit banc et, sans préambule, me dit que sa fille Zoubida l'inquiète. Elle n'est plus venue au village depuis un an. Elle trouve toujours une bonne raison pour remettre sa visite. Mais sa mère n'y croit plus. Est-ce que Zoubida se porte bien ? Vit-elle toujours au foyer des sœurs blanches comme elle l'assure dans ses lettres ? Qui fréquente-t-elle ?

J'essaie de rassurer Mme Djaoud du mieux que je peux. Ce n'est pas grand-chose. Son anxiété augmente. Sa voix devient aiguë. C'est presque en criant qu'elle me pose ses dernières questions : « Zoubida dit-elle régulièrement ses prières ? Va-t-elle à la messe le dimanche ? »

Je suis incapable de la renseigner. Je ne savais même pas que Zoubida était catholique.

– Nous sommes quelques familles à l'être en Kabylie, me dit Djaoud, d'autant plus attachés à notre foi que nous sommes peu nombreux. Les

Kabyles, islamisés depuis peu de siècles, sont, par tradition, tolérants. Mais par les temps qui courent être chrétien devient difficile, voire dangereux.

Mme Djaoud voudrait que je lui parle encore de Zoubida. Son mari l'éloigne d'un geste. Avant qu'elle ne disparaisse dans la cuisine, je la remercie pour son repas, surtout pour la délicieuse galette de semoule. Elle me jette un regard méchant. Elle attendait autre chose de moi que de la courtoisie.

M. Djaoud me raccompagne à travers le village. Il peste contre son épouse, « qui n'est pas solide et qui ne sait que gémir ». Son agacement fait place à de la fierté quand il me parle de son fils aîné qui termine son internat en cardiologie à Montpellier.

– J'ai conseillé à Zoubida d'aller s'installer avec lui. Mais elle refuse : « Je suis algérienne et je le resterai », m'a-t-elle écrit. Elle est comme sa mère, comme toutes les femmes : folle et têtue.

Il est interrompu par des cris perçants. Une femme monte vers nous, le foulard arraché, les bras dressés au-dessus de la tête, invectivant le ciel. Des amies éplorées la soutiennent, comme les servantes d'une héroïne de tragédie antique. Elles disparaissent dans une maison. On continue d'entendre, derrière le haut mur aveugle, les hurlements de détresse et de colère. M. Djaoud me serre la main et fait demi-tour.

Au bout de la ruelle que je dévale, au bord du ravin où les villageois se débarrassent de leurs ordures, un homme est appuyé du front contre un figuier. Ses mains sont entravées dans le dos par une corde. Deux soldats le gardent, pistolets-mitrailleurs à la hanche. Des enfants se sont assis sur le tas d'ordures, au milieu des poules et des chèvres. Ils regardent. Kader, encore plus fébrile que d'habitude, me montre le pantalon du prisonnier. Il grimace :

– Il s'est chié dessus.

L'homme a entendu. Il tourne la tête. Je vois son œil fixe, ses lèvres décolorées par la peur, les spasmes musculaires de ses maxillaires. L'adjudant Peretti arrive. C'est un gueulard que les soldats craignent. Il ne s'adoucit que lorsqu'il vide des bières en racontant des souvenirs d'Indochine : « Là-bas, c'était autre chose qu'ici, merde alors ! » Il remonte le ceinturon qui lui pend sur le ventre.

– Dégagez, tout le monde dégage !

Les enfants déguerpissent vers le ravin. Les chèvres, effrayées, sautent devant eux. L'homme s'est redressé contre le tronc du figuier. L'écorce contre laquelle il pressait son front l'a marqué d'un trait rouge. Il tremble. Comme lui, j'ai la certitude que Peretti va donner l'ordre de l'abattre. Kader me tape sur l'épaule.

– Viens ! Bouge !… Allez, bouge !

– Qu'est-ce qu'ils vont faire de lui ?

– Qu'est-ce que tu crois ? Ils l'emmènent à Tizi-Ouzou pour l'interrogatoire.

Je respire un grand coup et suis Kader. Il me conduit, par un chemin qui contourne le village, jusqu'à une grande bâtisse en parpaings dont portes et fenêtres n'ont jamais été posées : ce sont des trous à angles droits. Les soldats ont déballé leur barda dans la salle du rez-de-chaussée. Certains jouent aux cartes. D'autres sont allongés sur les sacs de couchage et dorment ou font semblant, un bras en travers du visage. Kader me montre l'escalier.

– Nous, on dort en haut, avec les supplétifs.
– Où est le lieutenant ?
– Chez les pères blancs. Chaque fois qu'il peut, il y va et il mange avec eux – Kader s'esclaffe –, comme le maboul de New York !
– Pourquoi ils ont arrêté ce type ?
– C'est le commissaire politique.
– Comment tu le sais ? Comment l'adjudant le sait ?

Kader tord le nez, bat des paupières, se frotte l'oreille.

– Te casse pas la tête. Repose-toi. Après on mange.

Je préfère aller me promener. Ce n'est pas dans les plans de Kader que j'échappe à ses questions. Je refuse qu'il m'accompagne.

Il me suit quand même.

– Alors, qu'est-ce qu'il t'a raconté, l'instituteur !
– Rien ! Fiche-moi la paix.

Que je me débarrasse de lui ne lui plaît pas. Incapable de contrôler sa nervosité, il détourne la tête et crache de côté. Avec sa bouche de travers, il a une gueule de traître. Je le plante là et vais m'asseoir sur un muret, les pieds dans le vide au-dessus du ravin. Le sursaut de dégoût qui m'a saisi quand j'ai cru que le prisonnier allait être fusillé me semble indigne. Comment ai-je pu imaginer qu'on l'abattrait sur place ? Je m'étais approprié sa peur. La fragilité de mes nerfs est une tare que je dois combattre. Le panorama de la montagne kabyle, devant moi, est une leçon de rudesse. Si je ne surmonte pas ma sensiblerie, je suis condamné à l'impuissance.

Grimpés dans les branches d'un arbre qui a poussé

dans une entaille de la roche, une chèvre et ses deux chevreaux broutent avec un entêtement vorace. De temps en temps, la mère s'arrête de mâcher. Campée immobile, elle me surveille, une feuille entre les dents. Les petits, inquiets, bêlent. Elle reprend sa mastication. Les petits se calment. Moi aussi.

Allongé à ma gauche, le grand Belkacem lâche, en dormant, des chapelets de pets. La porte-fenêtre sans vitres ni volets découpe un grand rectangle de ciel noir et d'étoiles qui scintillent. Au fond de la pièce, ça s'agite sourdement, avec des rires, des roucoulements de gorge. Je me demande si les supplétifs ne jouent pas avec Kader. Au fort, quand tout le monde traîne dans la cour après le dîner, ils le charrient en l'appelant « Gazelle ».

J'entends une détonation et, aussitôt après, une longue rafale. Belkacem bondit. Les balles tracent des lueurs dans le ciel. Des lampes de poche s'allument du côté des supplétifs. Belkacem marche à quatre pattes jusqu'au balcon. Je le suis. Ça pétarade sec. J'avance jusqu'à la balustrade en ciment et je me penche pour voir d'où viennent les tirs.

Belkacem me plonge dessus et me plaque au sol.

– Tu es fou ou quoi ? Tu restes debout, tu attrapes une bastos !

Les autres nous ont rejoints. Accroupis sur le ciment, ils discutent en kabyle, très excités.

Soudain, la voix de Chamoutton retentit, répercutée par les montagnes. Il parle dans un haut-parleur. L'écho double la fin de ses phrases.

— Vous êtes des lâches… lâches ! Vous ne nous faites pas peur… peur ! Laissez-nous dormir. On a bien mangé. Dans le maquis, vous n'avez rien… rien. Vous êtes des chiens perdus… dus. Rentrez chez vous ! Vos femmes pleurent ! Vos enfants ont faim… faim.

Les fellaghas répondent au discours par quelques salves. Puis les tirs cessent.

— Ils sont loin, dit Belkacem, en agitant négligemment la main comme s'il repoussait ces pauvres fellaghas dans leur trou.

Tout le monde retourne s'allonger. Je m'endors, très satisfait de ce baptême du feu.

Nous quittons le village à l'aube, le lendemain matin. Un groupe de femmes suit. Elles hurlent et nous jettent des pierres. Chamoutton a donné l'ordre de ne pas répliquer. On marche. De temps en temps, à l'arrière de la colonne, Belkacem et ses camarades se retournent, épaulent leurs fusils et tapent du pied. Les femmes reculent. Ils rient. Quand elles décrochent enfin et que leurs cris cessent, je demande au lieutenant si l'expédition avait pour objectif l'arrestation du commissaire politique.

— Bien sûr, dit-il. J'avais reçu des dénonciations anonymes, confirmées avant-hier par le service de renseignements. Le feu d'artifice de cette nuit et ces malheureuses qu'ils ont forcées à nous courir aux basques prouvent qu'on ne s'est pas trompé de client. Puisque ça a l'air de vous intéresser, demandez au colonel de Gignac ce qu'ils auront réussi à faire cracher au gus, à Tizi-Ouzou.

À Tizi-Ouzou, où je suis descendu en camion avec

des permissionnaires qui, comme moi, allaient prendre le train pour Alger, je n'ai rien pu demander au colonel. Il m'avait fait savoir qu'il me recevrait en fin de matinée. Mais son aide de camp m'a annoncé qu'il avait été appelé d'urgence à Alger. Il m'a remis un mot de sa part. « Chamoutton m'a dit que tu as été brave sous la mitraille ! Transmets à ta grand-mère mon affectueux souvenir. Je tâcherai de venir l'embrasser à Surcouf avant la fin de l'été. »

Pas un souffle. À midi, il fera chaud et le soleil écrasera tout. Il n'est pas six heures. Tout est net : l'azur du ciel, le vert pâle des roseaux et le vert sombre des lentisques, l'arrondi de la plage, les rochers qui émergent de l'eau comme des bêtes endormies.

Bouarab ralentit le moteur : les explosions s'espacent, bulles sonores qui ricochent sur la mer étale.

Quand, retour de Kabylie, je suis descendu du car, la veille dans l'après-midi, Bouarab, qui buvait une menthe à l'eau chez François et Célestine, m'a proposé de l'accompagner le lendemain matin à cette pêche qu'il pratique les jours de grand calme et qu'on appelle, à Surcouf, « batte-y-batte ». J'ai mis le réveil à cinq heures et je l'ai rejoint devant l'hôtel des Flots bleus. Nous avons mis la barque à l'eau en la faisant glisser sur les rondins de bois.

Son chapeau de paille à l'arrière du crâne, Bouarab se penche sur le plat-bord. Il guette les colonies de poissons qui vont et viennent, tranquilles, sur les fonds de sable ondulés comme un jardin japonais. Le pied sur la barre, il la dirige avec les orteils.

Debout au milieu de la barque, penché en avant, j'attends son signal pour empoigner les avirons et les cogner contre les bancs, comme il me l'a appris dès que j'ai eu les mains assez grandes et assez de force dans les bras pour battre et battre la cadence sonore. On a commencé par poser les filets le long de la plage, en larguant les flotteurs de liège qui les soutiennent. Maintenant on rabat vers eux les sars et les pageots qui filent en surface, avec de brusques changements de direction, affolés par le bruit. Ils ne sont pas gros. Mais il y en a beaucoup. Comme dit Bouarab :

– C'est bon quand même.

À huit heures, quand on rentre, les clients arabes et français attendent déjà, sur la plage, les poissons frais. Bouarab décharge les casiers où ils sautent, le corps arqué, les ouïes rouges battant. Il pèse les commandes sur une vieille balance à fléau qu'il soulève par la chaîne. À ceux qui sollicitent des avantages – « Tu me fais bon poids ! » « Oh, mon frère, prix d'ami ! » – il jette, sans leur répondre, des regards de juste. Le poids, c'est le poids, le prix c'est le prix. Ils n'insistent pas. L'honnêteté de Bouarab est proverbiale.

Les gens servis, il fait glisser le contenu d'un plateau dans un cornet de papier journal qu'il me tend.

– Ce n'est pas la peine, Bouarab. Le batte-y-batte avec toi, ça m'amuse.

– Tu as travaillé, alors tu rapportes le poisson chez toi.

Je lui demande s'il va poser des nasses le lendemain.

– Si le temps est bon… Inch'Allah !
– Je peux venir ?
– Tu ne te réveilles pas assez tôt pour les nasses.

Il s'assoit sur le treuil rouillé, déroule le bas de son pantalon qu'il a retourné jusqu'aux genoux avant de partir en mer, enfile ses espadrilles. Un moment, il reste penché en avant, les mains sur les cuisses. Qu'est-ce qu'il attend ? Il lève le visage vers moi, le baisse, fouille ses poches. C'est une cigarette qu'il cherche. Il la sort du paquet bleu mais ne l'allume pas.

– Tu vas pas au bout de la plage aujourd'hui. Tu dépasses pas la villa Tamzali.

Pourquoi cette mise en garde ?

– Qu'est-ce qu'il y a au bout de la plage ?

Bouarab allume sa cigarette. Il me regarde à travers la fumée :

– Tu n'y vas pas.

Il cale sous son bras le casier de poisson qu'il n'a pas vendu sur la plage et qu'il va vendre au village. Ils sont tous morts maintenant. Il se dirige vers le sentier de la falaise, va disparaître dans la forêt de roseaux. Lui courir derrière, l'interroger encore serait inutile. Ce que Bouarab avait à me dire, il l'a dit.

Devant la véranda où ma grand-mère coud à la machine, une douzaine de gars se baignent en bande. Ce sont des militaires de l'antenne de transmission qui a été installée dans une villa sur la falaise, juste au-dessus de notre cabanon. Zoé les appelle « mes petits soldats ». Au début de l'été, quand ils sont arrivés, elle leur a proposé d'utiliser notre douche, puis a rempli pour eux le frigidaire de bières. D'abord un peu circonspects, ils sont devenus si familiers qu'elle doit les rappeler à l'ordre, ce qu'elle fait sans ménagement : « Pas de serviettes mouillées en tas : il y a une corde à linge. » « Pour les bouteilles, il y a une poubelle. » Ils le prennent très bien. Elle a acheté un coupon de tissu au marchand ambulant qui passe sur la plage une fois par semaine. Elle y a taillé et cousu des shorts pour ses protégés. Aucun n'a osé refuser. La veille, à mon retour de Kabylie, elle s'est mise aussitôt à l'ouvrage. Avant le dîner, j'avais aussi mon short. Nous portons tous les couleurs de Zoé : fleurs rouges sur fond blanc : « Ce n'est pas chic-chic, m'a-t-elle dit, mais au moins c'est rigolo. »

Yeux-Bleus, que je n'avais pas vu depuis la plage, se tient près de ma grand-mère, les mains sur les hanches, le regard fixé sur la machine qui cliquette. Il salue mon arrivée par deux petits sifflements, sans lever les yeux. Zoé lui dit de s'approcher. Elle plaque le short sur ses fesses.

– Ça ira. Mais attention, tu ne te baignes pas avec, sinon il rapetissera et les coutures craqueront.

Yeux-Bleus se tourne vers moi, avec un air de victime.

– Pourquoi elle dit ça, ta grand-mère ! Je me baigne jamais ! Avec le travail, j'ai pas le temps.

Je lui fais la grosse grimace qu'appelle son indignation surjouée.

– Arrête ! Tu ne te baignes pas parce que tu ne sais pas nager et que tu as la trouille !

Yeux-Bleus revient à Zoé, implorant sa justice, sur un ton gémissant qui vire à la rigolade.

– Regarde-le qui m'injurie, ton petit-fils !
– Allez faire les guignols ailleurs, dit Zoé.

Nous sortons. Je préviens Yeux-Bleus qu'il n'est pas obligé de porter le short de Zoé si ça le gêne. Elle ne se vexera pas.

– Pourquoi je le mettrais pas ? Parce que je suis un indigène ? Le short, c'est moi qui lui ai demandé.

Nous allons boire un café dans la cuisine. Je suis tenté de lui faire part de la mise en garde de Bouarab qui m'inquiète. Pourtant, j'hésite. Avant mon séjour en Kabylie, je n'aurais pas hésité. J'étais confiant. J'étais aveugle. Maintenant, je me demande si je peux tout dire à ce garçon que je connais depuis toujours, qui rit des mêmes choses que moi, dont les désirs fonctionnent comme les miens. Il n'est pas forcément un ennemi. Mais ce qui nous lie, cette fraternité d'êtres nés sous le même soleil, risque de ne pas peser lourd face à l'histoire qui nous sépare. Finalement je m'abstiens. On verra plus tard.

De toute façon, Yeux-Bleus m'entraîne. Il a une « surprise » à me montrer. Il faut passer par la falaise. Il se faufile à travers les roseaux, silencieux comme un maquisard, tournant vers moi, de temps en temps, sa bouille hilare.

– Tu l'as déjà niquée ?

Yeux-Bleus a la bouche dans mon oreille. Il me pousse, tempe contre tempe, pour mettre son œil au lieu du mien dans la fente. Je résiste : ce n'est pas le moment de lui céder la place.

Sous la douche, Michelle a laissé échapper le savon avec lequel elle se savonnait à mains nues. Sur son torse bronzé, ses seins, protégés du soleil par le soutien-gorge, sont blancs, presque bleutés, avec des pointes sombres où gouttent des filaments de mousse. Elle se penche pour ramasser le savon. Ses fesses, tendues par le mouvement, sont blanches aussi, d'une blancheur si nettement tranchée aux reins et en haut des cuisses qu'on croirait un maquillage. Elle saisit le savon. Il lui échappe des doigts, glisse sur la faïence. Elle écarte une jambe pour essayer à nouveau de l'attraper. Je distingue les poils noirs de son pubis, si drus que les jets de la douche ne les aplatissent pas. Mais ça ne dure pas. Michelle abandonne la chasse au savon. Elle ramène sa jambe, se redresse, lève les bras pour se rincer les aisselles, l'une après l'autre.

Je recule. Yeux-Bleus m'écarte d'une bourrade d'épaule. Il colle sa figure de biais contre la fente jusqu'à ce que Michelle ferme la douche. Elle ne peut pas nous voir, planqués que nous sommes derrière l'arrière de sa maison. Mais elle peut nous entendre. Immobiles, guettant le bruit de la porte, nous attendons un moment avant de repartir à travers les roseaux.

Notre expédition de voyeurs réjouit vivement Yeux-Bleus. Il se pâme :

– Putain, elle est belle cette fille ! Son ventre, on dirait une amande quand tu enlèves la petite peau. Demain si tu veux, on revient.

Il devine ma réticence, me bouscule :
– C'est pas bon, mon frère ? On lui fait rien de mal !
– Tu la mates souvent ?
– Quand j'ai le temps.
– C'est toi qui as fait le trou ?
– Non, j'ai juste gratté un peu.
Sa bouche se fend, ses yeux malins roulent :
– Et toi, tu lui as fait le trou ?
On se quitte devant la cuisine du cabanon. Yeux-Bleus me dit qu'il a des choses urgentes à faire. Je prends les poissons de Bouarab que j'ai mis au réfrigérateur en revenant de la pêche et je descends sur la plage. Pour que les poissons gardent leur goût, on doit les nettoyer dans la mer : c'est un principe de Zoé.

Les filles qui passent l'été à Surcouf dans des villas louées sont venues se mêler aux soldats des transmissions. Ils sont tous allongés sur le ventre, en cercle. Les gars plaisantent, frétillent. Les filles en bikini se laissent désirer comme si elles ne se rendaient pas compte de l'excitation qu'elles provoquent.

Rémi, le lieutenant qui commande l'antenne, me rejoint tandis que, accroupi, j'éventre les poissons d'un doigt, arrache leurs entrailles et les rince dans la vague qui monte. Épaules un peu voûtées, bras et jambes maigres, c'est un type immédiatement sympathique, du genre tout de suite adapté, tout de suite adopté.

L'épisode Michelle sous la douche ne m'a pas fait oublier la mise en garde de Bouarab. Plus j'y pense, plus elle m'inquiète. Dois-je en parler au lieutenant ?

J'hésite, comme tout à l'heure avec Yeux-Bleus, mais pas pour les mêmes raisons : Yeux-Bleus est arabe, Rémi est un militaire français. Il s'est accroupi près de moi :

— Dis donc, il y a une question que je n'ose pas poser à ta grand-mère. Les filles d'ici, vous les garçons d'ici, vous pouvez les toucher ? Parce que nous, les Français, pas question ! Macache !

Il me sourit avec son sourire de grand gamin. S'il savait que quelque chose se prépare au bout de la plage aurait-il ce ton léger ? Je lui réponds dans le style de Yeux-Bleus :

— Tu peux tout faire, sauf le trou. La virginité, c'est sacré !

Il glousse, découvrant ses larges dents :

— Comme les Arabes, alors. Mais les filles arabes, au moins, elles se voilent. Tes copines, elles, sont toujours à poil, à nous mettre leurs seins et leurs jambes sous le nez. Mon cousin m'avait dit : « L'Algérie, c'est le pays du zob… »

Je ris, un poisson à la main :

— Répète !

— « L'Algérie, c'est le pays du zob… » Tu ne connaissais pas ?

— Non ! Si je l'avais entendu, je m'en souviendrais.

Quand je remonte au cabanon, Yeux-Bleus est toujours là, devant la cuisine. Assis par terre, il défait des bottes de zinnias. Au fur et à mesure qu'il dégage les fleurs du raphia qui les lie, il enfonce les tiges dans le seau d'eau posé entre ses jambes.

— Je croyais que tu avais quelque chose d'urgent à faire.

– C'est les fleurs ! Regarde ! Toutes fraîches pour la fête de ce soir.

Il s'aperçoit qu'il a gaffé, prend un air catastrophé :

– Attention, je t'ai rien dit pour la fête de ce soir. Autrement Mme Zoé, je vais me l'entendre !

Je le rassure :

– Ne t'inquiète pas, la fête que ma grand-mère organise en secret a toujours lieu le 20 août. C'est son anniversaire. Depuis que j'ai cinq ans, chaque été, je fais semblant d'être surpris.

– Alors, c'est bon, dit Yeux-Bleus.

Il se lave les mains dans le seau et se lève. Il est pressé : il a encore des livraisons à faire au village.

Il va se retourner et partir. Si je veux lui parler, c'est maintenant. L'accès de méfiance qui m'a retenu tout à l'heure me paraît soudain indigne. J'ai hâte de passer outre, de prouver à Yeux-Bleus, et à moi-même, ma confiance.

– Tout à l'heure, en revenant de la pêche, Bouarab m'a dit de ne pas aller au bout de la plage.

Il égoutte ses mains en les secouant devant lui.

– Il t'a dit ça, Bouarab ?

– Tu sais pourquoi ?

Sans me regarder, il passe et repasse ses mains sur son pantalon pour les essuyer.

– Comment je saurais ?

Il ne ment pas. Probablement ne sait-il rien encore. Mais il ment tout de même, comme mentent, dans les guerres qui ne disent pas leur nom, ceux qui louvoient entre les camps. La dissimulation est leur seule protection. Ils sont sans cesse en alerte. Aussi vague que soit la mise en garde de Bouarab, il a compris qu'elle annonce sans doute un événement qui risque de le mettre en danger. Pourtant son visage ni sa voix n'ont rien trahi. Il m'adresse le clin d'œil rapide par lequel il prend congé et s'en va de sa démarche nonchalante. Ses pieds nus ne font aucun bruit contre le ciment de la cour.

Il disparaît au coin du cabanon. C'est la dernière fois que je le vois. Mais, à cet instant, je l'ignore.

Les bellombras ont d'énormes racines. Enfant, quand Zoé m'emmenait dans la villa de ses amis Vinci où chaque après-midi avaient lieu des parties de tennis – hommes en pantalons blancs, femmes en jupes mi-longues, blanches aussi, répliques des grands joueurs de leur jeunesse : Suzanne Lenglen, Borotra, « le Basque bondissant » –, je contournais le grillage du court pour escalader ces rampes grumeleuses, couleur de peau d'éléphant : j'étais Mowgli perdu au milieu de la jungle, Tarzan dans les baobabs à l'affût du lion dont j'offrirai la peau sanglante à Anne-Marie Steiger.

Le père Vinci est mort. Le tennis n'est plus entretenu. Les racines, infiltrées sous le ciment, l'ont soulevé et fendu. Quand on joue du côté du court que bordent les bellombras, il faut compter avec les faux rebonds. Je connais le terrain centimètre par centimètre. Jacky y joue pour la première fois. Chaque fois qu'une balle s'écrase sous sa raquette ou fuse au-dessus, il jure.

Il est plus fort que moi, mais je gagne. Il s'énerve. Les veines de son front et de son cou enflent. Je lui propose de terminer le set sur la partie non défoncée du court. Ce serait «fair-play».

Il refuse, offusqué:

– Rien à foutre de ton fair-play.

Jacky et Michelle sont venus dans la véranda où, après le départ de Yeux-Bleus, je m'étais installé pour lire mais où je m'étais endormi, peut-être pour ne plus penser à Bouarab, plus sûrement sous le coup de la fatigue accumulée à marcher de fontaine en fontaine dans la montagne kabyle. Réveillé par la voix de Michelle, ouvrant les yeux sur leur couple, j'ai immédiatement saisi que leur relation avait franchi un cap. Il y avait dans leur attitude, surtout dans celle de Michelle, quelque chose de gai et de rayonnant. J'ai cru qu'ils étaient debout devant moi, tout sourire, pour m'annoncer leurs fiançailles. En fait Jacky cherchait un partenaire de tennis. Il attendait avec impatience mon retour de Kabylie. Michelle l'avait assuré qu'avec une raquette «je touchais ma bille». S'il avait été seul, j'aurais probablement remis ça à plus tard. Mais Michelle était là. J'ai sauté sur mes pieds.

– Allons-y.

Assise sur la chaise d'arbitre rouillée, Michelle est censée arbitrer les échanges. Mais elle suit la partie distraitement, annonce faute de bonnes balles, oublie le score. Jacky l'engueule. Comme s'engueulent les couples unis. À chaque changement de côté, quand Jacky passe devant elle, Michelle allonge sa jambe. Sans s'arrêter, il caresse son genou. Ce contact rapide, un toucher plus qu'une caresse, m'émeut. Ce qui pouvait rester en moi de jalousie a disparu. Je n'oublie pas que Michelle m'a sucé sur la plage, une nuit, et que ce matin même, l'œil à la fente, je bandais en la regardant nue sous la douche. Mais il n'y a pas de rapport entre ces épisodes, excitants et honteux, enregistrés dans ma mémoire – des souvenirs déjà, des souvenirs qui ne concernent que moi –, et la jeune fille heureuse et tranquille posée sur son siège, à deux mètres du sol.

Pour changer de côté, pendant que Michelle et Jacky s'effleurent, je saute par-dessus le filet. C'est de mon âge de faire le mariole. Au dernier jeu, le service me revient. Je suis sûr de gagner. Si je ne déborde pas Jacky avec ma première balle, je place la deuxième hors de sa portée en la frappant mou, coupée, en biais. Et effectivement, je gagne 6-4, 6-4. Jacky me traite de maquereau. Je lui ai cassé le jeu avec mes coups vicelards. Pourtant il est clair qu'en le battant j'ai fait un bond dans son estime.

– Je ne te voyais pas comme ça, d'après ce que Marco m'avait dit !

– Comme quoi ?

Il essuie son visage transpirant avec l'intérieur des coudes :

– Tu m'as mis la tannée quand même !

Il m'attrape le cou d'une main, me secoue. Nous voilà potes, prêts pour un bain après la grosse suée. Michelle nous laisse à notre camaraderie de sportifs. Nous plongeons et crawlons à la papa jusqu'au rocher plat, escale des habitués de la plage, à cent mètres du rivage. Je montre à Jacky l'endroit où l'on peut se hisser sans s'enfoncer des épines d'oursins dans les pieds. On s'assoit côte à côte, le derrière dans les algues, les mollets dans l'eau.

Je n'arrive plus à me souvenir comment Jacky s'y est pris pour amener son récit. Je suppose qu'il ne s'est pas lancé brusquement. Il a dû tourner autour du pot, me prévenir à sa façon maladroite que l'aveu qu'il allait me faire lui coûtait et que c'était une grande preuve d'amitié qu'il m'accordait. Je n'ai rien senti venir, d'où l'oubli de ces préliminaires. Je me rappelle vivement, en revanche, ma surprise, puis ma gêne, en l'écoutant parler, tête basse, les yeux fixés sur ses orteils qu'il remuait.

– J'étais avec Marco quand il s'est tué. On était allés pêcher au harpon sur la côte kabyle. En revenant sur Alger, il conduisait vite, nous étions en retard pour un rendez-vous. Il était énervé. Il s'en voulait d'avoir traîné. Tu connais la route de la corniche, pleine de virages. Il en a pris un sans freiner assez. La Vedette a heurté le parapet du côté de la mer. Ça nous a projetés contre la montagne. Le pneu de rechange était crevé et Marco, au lieu de le faire réparer, c'était bien de lui, en avait acheté un autre qu'il avait posé sur le siège arrière. C'est le pneu qui lui a tapé derrière la tête. Le coup du lapin ! Moi, j'avais cogné contre je ne sais trop quoi, pas le pare-brise, il aurait explosé. J'étais à moitié assommé. Quand j'ai commencé à sortir des vapes, j'avais le pneu sur les genoux et, lui, il était couché sur le volant, avec les bras pendants. J'ai ouvert la portière, j'ai poussé le pneu et j'ai essayé de relever Marco. Mais il était déjà mort. Il n'y avait plus rien à faire. Je suis descendu, je me suis assis par terre. J'étais groggy. J'ai vomi. Personne ne passait. Je suis parti à pied. Un peu plus loin, un Arabe s'est arrêté avec sa camionnette. Il m'a emmené jusqu'au Chenoua. Il venait de la montagne par un embranchement. Il n'avait pas vu l'accident. Je ne lui ai rien dit. Au Chenoua, j'ai pris le car et je suis rentré direct chez moi à Fort-de-l'Eau. Voilà comment ça s'est passé. Je ne l'ai raconté à personne, même pas à Michelle. Je ne veux pas qu'on répète que j'allais avec Marco parce qu'il était pédé. Il était surveillé par les Renseignements généraux.

J'interromps Jacky :

— Surveillé parce qu'il était pédé ?

— Non, pour des trucs politiques ! Moi aussi ils me surveillent. S'ils apprennent que j'étais avec lui quand il est mort, tu peux être sûr qu'ils vont dire que je l'ai tué pour une histoire de cul, règlement de comptes entre tantouzes. Avec ça, par la honte, ils me tiennent.

Je m'apprête à demander à Jacky pourquoi, s'il n'a rien dit à personne jusque-là, il vient de se confier à moi. Il devance ma question.

— C'est la vérité que je t'ai racontée. Il faut que tu me croies parce que toi, on te croira si un jour on te pose la question.

Je réplique que je ne vois vraiment pas qui pourrait m'interroger sur la mort de Marco.

Jacky se met debout et remonte son maillot à deux mains :

— On ne sait jamais comment ça tourne, ces histoires.

Il fait des moulinets avec les bras. Après ses aveux, il a besoin de mouvement.

– Et pourquoi on me croirait plus que toi ?

Il me regarde, la tête un peu reculée, rigolant doucement :

– Parce que c'est comme ça ! Tu fais partie des gens qu'on croit. Moi, non.

Je suis toujours assis dans les algues, à m'interroger sur le récit de Jacky et sur Jacky lui-même.

Je ne doute pas de sa sincérité, ni même qu'il m'ait dit la vérité, en tout cas sur les circonstances de l'accident. Il m'a touché en m'avouant sa peur d'être pris pour un pédé. J'ai du mal à penser qu'il le soit. Peut-être Marco était-il amoureux de lui et, sans céder à ses avances, ne l'a-t-il pas découragé ? C'est de ce jeu trouble dont il aurait honte, surtout si Marco et lui étaient engagés ensemble dans d'autres jeux politiques où ils avaient partie liée. Il y a dans l'histoire de Jacky une part romanesque, sentiments et engagements entrecroisés. J'imagine que Marco y trouvait son miel, entretenait ce flou dans leurs rapports. Il ne pouvait pas s'en empêcher. Il se protégeait par le secret pour pouvoir plus librement mêler du désir à tout ce qu'il faisait, y compris à ses combats idéologiques. Il avait dû déployer auprès de Jacky la séduction qu'il avait exercée sur les élèves de ma classe : son esprit ouvert à tout, curieux de tout, sa familiarité gouailleuse, son intelligence qui n'intimidait pas mais au contraire réveillait, cette faculté socratique d'aller vers les jeunes gens pour qu'ils se révèlent à eux-mêmes plus riches et plus complexes qu'ils ne le savaient. Comment Jacky aurait-il résisté si Marco avait, par amour, concentré sur lui son redoutable pouvoir ? En même temps, je comprends que Jacky ait éprouvé un grand malaise à se laisser entraîner dans cette relation.

Je commence à percevoir que c'est une âme tourmentée. Mais c'est aussi un gars d'Alger. Mener des missions clandestines avec Socrate, puis assister à la mort stupide de ce camarade de combat qui en voulait à son cul, il y a de quoi culpabiliser.

Dans mon dos, Jacky me demande si j'ai l'intention de rester longtemps assis dans les algues. Il se vide bruyamment les narines puis reprend :
– Si tu penses à ce que je t'ai raconté, laisse tomber, te casse pas la tête.

Je n'ai pas le temps de répondre.

Il s'approche par-derrière, me soulève par les aisselles et me balance à la mer.

Au contraire de Yeux-Bleus, j'ai revu Jacky, le soir même et plusieurs fois par la suite jusqu'à ce que je quitte Alger, après le bac, en 1957. À Paris, j'ai continué d'avoir de ses nouvelles par Michelle qui m'écrivait régulièrement. Elle était toujours aussi amoureuse de lui et, apparemment, lui d'elle. Pourtant il ne se décidait pas à l'épouser, elle en souffrait. Malgré leur proximité, une part de Jacky lui échappait. Elle ne s'étendait pas, ne me donnait pas de détails, s'en tenait à des généralités : « Je comprendrais qu'il me cache certaines de ses activités. Ce qui m'inquiète, c'est qu'il soit mystérieux ou plutôt opaque, même à ses propres yeux. Il paraît simple, mais c'est un torturé, incapable de trouver un équilibre et de s'y tenir. »

C'est dans la dernière lettre reçue d'elle que j'ai appris sa mort.

Jacky a été tué le 26 mars 1962, lors de la fusillade de la rue d'Isly, quand l'armée française a abattu cinquante-six personnes en tirant dans la foule réunie en réaction contre l'indépendance de l'Algérie qui devait être officialisée le mois suivant.

Que faisait-il dans cette manifestation ? S'y était-il rendu pour assister à cet hallali de la communauté pied-noir à laquelle il appartenait ? Ce besoin d'être physiquement présent au milieu des siens, même s'il ne partageait pas leur fureur désespérée, je le comprenais. Avait-il rejoint les rangs des enragés de l'OAS ? Quand je l'avais fréquenté dans la compagnie de Marco, il était engagé dans une voie bien différente. Mais un revirement radical était possible, surtout chez un homme comme lui, exalté et fonceur. Tant et tant de Français et d'Arabes, pris dans l'engrenage de leur histoire, s'étaient retrouvés dans des camps qu'ils n'auraient pas choisis, si, par on ne sait quel miracle, la raison et le cœur avaient encore eu droit de cité.

J'ai interrogé Michelle dès qu'il m'a paru décent de le faire. Elle n'a pas répondu à ma lettre, pas plus qu'aux lettres précédentes où je tentais de la consoler. Lorsque nous nous sommes revus, en 1964 ou 1965, la date est imprécise dans ma mémoire, nous n'en avons pas parlé.

Essayer de savoir alors ce que Jacky avait en tête quand il était tombé rue d'Isly n'avait plus d'importance. Elle avait perdu l'homme qu'elle avait aimé. Je ne voulais plus penser à l'Algérie. « *Nemchou y*

Allah », « En avant à la grâce de Dieu », comme disent les nomades du Sahara au départ d'une nouvelle étape.

Je me réveille de la sieste tard dans l'après-midi, transpirant et mou. Des images défilent : les orteils de Jacky crispés dans l'eau, tandis qu'il me raconte la mort de Marco ; la mère de Zoubida assise sur son petit banc, la figure angoissée ; Bouarab qui disparaît dans les roseaux, son casier à poissons sous le bras ; ces poissons, encore vivants, fuyant au bruit du batte-y-batte vers les filets où ils se prendront ; Michelle sous la douche, écartant la jambe pour attraper la savonnette ; le pantalon souillé du commissaire politique, le front appuyé contre l'arbre après son arrestation ; Yeux-Bleus qui enfonce les zinnias dans le seau de zinc ; l'enfant kabyle et sa perdrix, près de la fontaine. Pourquoi ces images plutôt que d'autres ? Leur seul point commun, c'est la tristesse qu'elles me procurent. Pourtant, il faudra que je sois gai à la fête tout à l'heure, que je manifeste l'entrain et la légèreté que ma grand-mère attend de moi. Je le ferai, sans effort. Je ne gâcherai pas son plaisir, ni le mien.

Le malaise que j'éprouve, couché sur mon lit, la peau moite et la sueur me piquant les yeux, il suffit d'une douche pour m'en débarrasser. Le goût d'être heureux est une habitude.

Zoé, qui aime les surprises et qui sait bien que son bal costumé du 20 août ne peut en être une pour moi, même si elle me cache les préparatifs, a, sans me le dire, lancé des invitations. Quand j'entre dans la véranda, en short, les cheveux mouillés et le torse dégoulinant d'eau, Suzanne, Zoubida et Solal sont là. Ils m'accueillent avec des sourires de joyeux conspirateurs. Zoé est ravie de son coup et de mon air ébahi. Elle a non seulement réussi à les convaincre de venir – ils étaient tous réticents, surtout Zoubida –, mais a organisé leur voyage. Suzanne, selon ses instructions, a embarqué dans son cabriolet Zoubida et Solal convoqués à seize heures devant la grande poste d'Alger.

Une panne les a retardés, sur la route moutonnière. Cela leur a donné l'occasion de se lier. Solal a dévissé le carburateur et Zoubida l'a nettoyé avec sa brosse à cheveux. Suzanne, qui peut être drôle, raconte et mime la scène. Zoé pleure de rire.

Zoubida sait déjà, bien sûr, que j'ai déjeuné chez ses parents à Affrou. Je lui dis combien cela m'a fait plaisir. Elle répond par des hochements de tête. Visiblement, elle préfère n'en pas parler. Ça crée un silence. L'arrivée des filles de la plage tombe à pic. Elles viennent essayer les costumes que Zoé leur a confectionnés. Je les présente rapidement à Solal – Catherine, Nancy, Fanette, Françoise, Nicole, Marie-Noëlle – et je l'entraîne.

Dans ma chambre, nous trouvons des draps blancs étalés sur les lits, et des couronnes de feuilles de laurier suspendues au dos des chaises. Ce sont nos déguisements pour ce soir. Zoé les a déposés pendant que je prenais ma douche d'après-sieste. Elle a dit à Solal ce que j'ignorais jusqu'alors : nous serons lui et moi des sénateurs romains. Le thème du bal costumé sera, ce 20 août, Rome aux temps antiques. Solal connaît mon intérêt pour l'Empire romain. Il ne veut pas croire que c'est le choix de Zoé et que je n'y suis pour rien.

Les yeux agrandis au khôl, ses cheveux relevés par un diadème de carton doré où Zoé a cousu des perles, les oreilles et le cou ornés de bijoux kabyles, Zoubida se tient debout dans un angle de la véranda, raide dans une tunique de satin couleur safran ouverte sur la cuisse. Tout le monde l'admire. Si quelqu'un y manque, Zoé fait l'article. Elle pressentait que la jeune fille serait une superbe Messaline, mais pas à ce point : « Ma Zouzou, en impératrice, tu es impériale ! »
Jacky s'est mis en César : gilet de feutrine sur les pectoraux, une jupe de tennis de Michelle et des jambières en boîtes de conserve autour des tibias. Les soldats de l'antenne de transmission portent des jupettes plissées de légionnaires et des espadrilles lacées haut sur les mollets. Leur lieutenant a choisi Vercingétorix : perruque et moustache rousses, casaque taillée dans un sac à pommes de terre. Zoé a drapé les filles de la plage dans des robes qui moulent leur poitrine et leurs hanches, puis s'évasent. Le modèle est le même pour toutes mais elle a accordé la couleur à la carnation de chacune : rose orangé, parme, vert pomme, bleu pâle. Elle observe sa troupe de beautés, fronce les sourcils, appelle Michelle, tire, en deux secousses, le tulle pour l'appliquer sur ses belles épaules, l'ajuste avec une épingle. Puis elle se précipite vers la petite Nancy, fait claquer un point

dans la couture d'un pli, se recule, revient, fait claquer un nouveau point, lisse le tissu avec le dos de la main :

— Voilà, le tombé est bien. Fais-moi le plaisir de te tenir droite !

Solal, Jacky et moi buvons du punch, assis côte à côte, sur le rebord des fenêtres. Rémi va mettre le premier disque sur le pick-up. Zoé l'arrête :

— Pas tout de suite ! Quand vous danserez, j'irai dans ma chambre pour ne pas vous déranger. Alors laissez-moi en profiter encore ! J'aime tant les fêtes déguisées !

Suzanne passe les verres de punch sur un plateau.

— Ta grand-mère est un oiseau des îles, me dit-elle : ramage, plumage et insouciance !

J'en rajoute :

— Tu connais sa devise : « Tout sur le dos, rien à la banque. »

Jacky rit de bon cœur :

— Mon père, il collectionnait les cendriers avec des devises écrites dessus, comme : « La vie ne vaut rien, mais rien ne vaut la vie. »

Solal vide son verre et en prend un autre. C'est le troisième qu'il descend cul sec. L'ivresse alourdit le bas de son visage – pour un sénateur romain, c'est parfait – et ralentit son débit :

— Un poète arabe a écrit que les trois choses les plus importantes dans la vie c'est, dans l'ordre : les chevaux, les livres et les femmes.

Suzanne sursaute. Ardemment féministe et se piquant de connaître la poésie arabe, elle fixe sur mon camarade un regard d'inquisiteur :

– Quel poète ?

Solal, la tête tournée vers la mer, renifle, puis murmure :

– Moi, j'ai peur des chevaux.

Suzanne ne lâche pas le morceau. Dans ses émissions de Radio-Alger, elle avait la réputation d'une intervieweuse coriace :

– Citez vos sources, mon garçon !

Jacky s'interpose :

– Il vous dit qu'il a peur des chevaux !

L'indignation de Suzanne monte d'un cran. Les verres de punch s'entrechoquent sur le plateau.

– C'est révoltant ! Les chevaux avant les femmes...

– Oh, les femmes, ça va, dit Solal, la voix traînante.

Jacky lui donne une tape fraternelle dans le dos.

À l'autre bout de la véranda, Rémi s'est approché de Zoubida. Il s'incline et lui prend la main.

Michelle met un disque sur le pick-up. Les soldats invitent les filles. Ils dansent.

Les détonations éclatent sur les douces voix des Platters chantant *Only you*. Jacky, Solal et moi faisons pivoter nos bustes d'un même mouvement. Au bout de la plage, les balles tracent des lueurs dans la nuit. Éclairs et claquements saccadés des armes automatiques, c'est tout de suite intense. Tout le monde s'est précipité aux fenêtres. Je crie : « Couchez-vous ! » comme le grand Belkacem me l'a crié sur le balcon de Kabylie. Les soldats repoussent les filles vers le fond de la véranda. Quelqu'un éteint les lumières. Dans la pénombre, les murmures succèdent aux exclamations de surprise et de peur. Le lieutenant s'est glissé entre Solal et moi. À genoux, les yeux au ras de la paroi de bois où s'encastrent les vitres à glissières, il observe et commente à voix basse :

– Au bruit, les mitraillettes c'est de chez nous et les grenades aussi.

Il se met debout pour annoncer à haute voix :

– Les tirs sont concentrés dans une direction opposée et d'ailleurs trop loin pour atteindre le cabanon. Vous ne risquez rien. Pas de panique.

Après l'agitation des premiers instants, nous nous tenons debout immobiles. Près de moi, Michelle tressaille à chaque rafale. Rémi passe de l'un à l'autre répétant : « Nous ne risquons rien. Pas de panique ! » Zoé, que je ne vois pas, finit par lancer :

– Il n'y a aucune panique, mon petit Rémi !

Je me dirige vers sa voix. Elle est assise sur le divan, près de Zoubida qui pleure sans bruit, les yeux fermés. Je lui dis que je veux lui parler. Elle me suit dans ma chambre. Je lui rapporte la mise en garde de Bouarab au retour de la pêche, puis le dialogue avec Yeux-Bleus qui ne m'a rien appris.

– J'aurais dû prévenir...

Zoé me coupe :

– Qui ?

– Le lieutenant...

Elle hausse les épaules.

– Ça aurait servi à quoi ? Bouarab nous aime bien, il a voulu te protéger.

– Ça c'est sûr... Mais...

– Mais quoi, mon loup ?

Zoé me traite en enfant. Mais l'enfant, c'est elle. Elle ne veut rien voir. Une espèce de colère me prend. Les hypothèses qui me sont venues en tête depuis que les coups de feu ont éclaté, je les balance, en vrac : si Bouarab savait qu'un affrontement risquait d'avoir lieu ce soir, c'est qu'il était dans le coup.

– Quel coup ?

– Un truc du FLN, ça ne peut être que ça. Et il craignait que ça tourne mal, que ce soit un guet-apens. Il n'avait pas tort : ce sont des soldats français qui tirent. Dans ce cas, ce n'étaient pas des craintes qu'il avait. Il était sûr que ça allait péter. Et alors, c'est lui…

Zoé m'interrompt à nouveau.

– Bouarab FLN c'est possible. Mais traître, non. Impossible. Pas Bouarab.

J'admire la conviction de ma grand-mère. Mes méchantes pensées l'ont agacée.

– Qu'est-ce que tu allais dire encore ?

– Peut-être que c'est Yeux-Bleus qui a averti les militaires après que je lui ai parlé…

– Qui aurait-il averti ? Comment ? Et d'ailleurs de quoi exactement ? Cesse de te mettre la cervelle à l'envers. Cesse de culpabiliser. C'est stupide.

Lorsque nous revenons dans la véranda, les tirs ont cessé. Solal m'apprend que Rémi et son sergent ont remis leurs uniformes et sont partis vers le bout de la plage pour essayer d'en savoir plus.

Nous tombons dans l'attente. Le père de Nancy arrive pour emmener sa fille. Elle refuse. Elle veut rester avec ses amis. « Il n'y a pas de danger, les militaires l'ont dit. » Il insiste, tempête. Elle est obligée de le suivre, en pleurs.

Les soldats ont sorti des cartes. Solal s'est installé près de Marie-Noëlle et la fait rire. Comment s'y prend-il ? Jacky s'endort sur l'épaule de Michelle. Zoubida s'est démaquillée, mais a gardé sa robe de Messaline. Elle brode à côté de Zoé, les yeux baissés. Suzanne découpe des articles dans les journaux et les enferme dans son sac en raphia.

Quand Rémi et son sergent reviennent, vers minuit, nous nous précipitons. Le lieutenant nous fait un topo en phrases brèves : deux compagnies du 1er régiment de chasseurs parachutistes ont été engagées. L'objectif était une réunion de chefs politiques et militaires FLN de l'Algérois et de la Kabylie. L'opération a été montée sur renseignements. Les pertes du côté français sont d'un tué et de deux blessés. Dix rebelles ont été mis hors de combat : six morts et quatre prisonniers. C'est terminé.

– Si c'est terminé, on peut y aller.

C'est Jacky qui l'a dit mais Solal et moi l'avons pensé en même temps. Dans ma chambre, nous remplaçons nos déguisements romains par des shorts et des chemisettes. Nous trottons dans la nuit sur la plage, vers les phares des half-tracks. À cinq cents mètres, alors que nous commençons à distinguer des silhouettes, des hurlements éclatent : hululements gutturaux, imprécations aiguës qui montent, se brisent, repartent, plus aiguës encore. Nous nous sommes arrêtés, impressionnés. Nous reprenons notre course et l'accélérons. Un para nous arrête :

— Qu'est-ce que vous foutez là ?
— Qu'est-ce que c'est ces cris ?
— Les femmes du douar. Elles ont déboulé comme des furies. Elles nous déchirent les uniformes, elles mordent, elles essaient de nous arracher les yeux. Un copain est tombé : elles lui ont bouffé le mollet, elles l'ont presque mis à poil. On l'a dégagé juste à temps. Je ne sais pas comment on va s'en débarrasser...
— On peut approcher ?

Le para nous répond qu'il ne vaut mieux pas si on tient à nos couilles. De toute façon, les blessés ont été évacués et les prisonniers embarqués. Il n'y a plus rien à voir, sauf les fellouzes mis au tapis pour le compte. Il désigne les corps allongés en épi près d'un camion. Les phares d'un half-track qui manœuvre tombent sur eux et les éclairent d'une lumière jaune.

Le cadavre de Bouarab est le premier de la rangée. J'ai juste le temps de reconnaître son visage avant que les phares qui l'ont balayé pivotent avec un bruit d'engrenage. Dans la pénombre revenue, je distingue la toile qui recouvre son torse et le haut de ses jambes. J'ai l'impression que ses pieds sont nus et son pantalon retroussé.

Le para nous repousse avec son pistolet-mitrailleur.

— Rentrez chez vous ! Si le capitaine vous voit, c'est bibi qui va trinquer.

On s'en retourne, tous les trois silencieux. Dans notre dos, les femmes continuent de hurler. Puis, la distance, progressivement, éteint leurs cris. La mer clapote contre le sable. Je pense à un passage de

Chateaubriand où, se promenant sur un champ de bataille après la bataille, il dit que rien n'est plus angoissant et en même temps plus rassurant que l'indifférence de la nature au sort des hommes. Mais est-ce bien Chateaubriand et a-t-il écrit cela ? Il faudrait interroger Solal. Ce n'est pas le moment, surtout devant Jacky.

Dans la véranda, j'annonce tout de suite, sèchement et d'une voix trop forte, que Bouarab est mort. Tous me regardent, surpris par la brutalité de mon ton, sans bien comprendre la brutalité de la nouvelle que je porte. Mais je n'ai parlé que pour Zoé. Elle a compris. Elle a mis ses mains devant ses yeux et murmure, comme une petite fille :
– Oh mon Dieu, ils ont tué notre Bouarab.
Zoubida et Suzanne, assises de part et d'autre d'elle, sont les seules à percevoir la profondeur de son désarroi. Zoubida l'embrasse. Suzanne prend sa main, la soulève, la brandit et s'écrie :
– On continue la fête ! On continue la fête !
Solal me glisse :
– C'est de la provocation. Elle est folle !
Il ne connaît pas le tempérament des deux cousines, leur ressort, la propension à rebondir qui les unit. Zoé n'est pas choquée du tout :
– Bravo, ma Suzanne ! Tu as raison, on continue la fête ! Mais ici, maintenant, ça va être un peu au-dessus de mes forces.
Michelle propose qu'on aille chez elle.
– Alors, emmenez le punch et les sandwichs, dit Zoé.

Pendant que les filles et les soldats s'affairent pour transporter le buffet, je préviens Solal que, comme ma grand-mère, je vais me coucher. Je n'ai pas envie de m'amuser. Il me traite de connard.

— On ne va pas s'amuser. On va se bourrer la gueule !

Il est deux heures de l'après-midi quand Solal et moi nous réveillons le lendemain. La chambre pue : relents intestinaux, sueur de boucs, haleines d'ivrognes chargées au punch. De la nuit, je me rappelle une empoignade confuse avec Jacky parce que j'embrasse Michelle dans le cou en dansant ; le père de Michelle entrant, excédé, dans le salon au lever du jour pour nous mettre à la porte ; Solal et moi qui vomissons dans le sable, côte à côte, jambes écartées et bustes à l'équerre. Le vent d'est s'était levé, creusant des vagues qui claquaient sur la plage de plus en plus fort.

Nous nous brossons les dents au-dessus du lavabo craquelé puis nous passons à la douche. Ça rince la peau, mais ça ne disperse pas la stupeur brumeuse de la gueule de bois.

Dans la cour, un soldat fume. Que fait-il là ? Comme nous le contemplons avec des yeux de veau, il finit par nous dire qu'il attend son colonel.

Le colonel dont le soldat n'a pas dit le nom, c'est Charles de Gignac. Il boit du café face à Zoé et Suzanne. Je lui serre la main. Lorsque Solal se présente, Gignac lui demande s'il est parent du professeur Solal, le grand chirurgien. Solal fait non de la tête, ce qui coupe court à l'amabilité mondaine du colonel. Nous devons avoir vraiment l'air hébété, mon camarade et moi, car, comme son chauffeur, Charles se croit obligé de nous expliquer sa présence : il se trouvait ce matin à Alger dans le bureau du chef d'état-major, sur le point de repartir pour Tizi-Ouzou, quand il a appris l'opération qui a eu lieu sur notre plage.

– Et Charles a trouvé gentil de s'arrêter pour nous réconforter, dit Zoé.

– Pas vous réconforter, me réjouir avec vous, dit Gignac. Le bilan est positif au-delà des espérances : cinq chefs de katiba et plusieurs commissaires politiques éliminés ; capture d'un gros poisson porteur de documents sur les réseaux FLN de la région d'Alger. On a déjà commencé à les exploiter.

Il est fier de ce beau coup. C'est son officier de renseignements à Tizi-Ouzou – « un as, il parle arabe comme père et mère et s'est mis au berbère » – qui, le premier, a alerté l'état-major. Il avait acquis la certitude qu'une réunion de coordination se préparait entre les chefs FLN de Kabylie et ceux de la plaine. Les précisions sur la date et le lieu sont parvenues à l'état-major l'avant-veille par un vieux militant nationaliste.

– Il est venu de lui-même parler à un collaborateur du gouverneur général. Il était révolté par les tueries du Constantinois et surtout par l'assassinat du neveu de Ferhat Abbas...

Suzanne se penche brusquement en avant.

– Le neveu de Ferhat Abbas ? Vous voulez dire Allouach Abbas, le pharmacien ?

Gignac approuve.

– Le FLN l'a abattu dans sa pharmacie. Ça a été le signal des massacres. Vous le connaissiez ?

– Je l'ai rencontré chez Saïd Belhas, l'avocat.

Gignac vide sa tasse et allonge ses avant-bras sur les accoudoirs du fauteuil à bascule.

– Les anciens nationalistes formés à l'école française, le FLN les liquidera tous. Je l'ai dit hier à Soustelle. Il espère encore faire émerger une troisième force, des modérés avec qui on pourrait trouver une solution raisonnable. Il s'accroche à cette idée. Mais il est ébranlé. Quand il m'a reçu, il revenait d'El-Halia. Il avait vu les cadavres des femmes, des enfants, des hommes éventrés, tronçonnés, décapités. Il m'a avoué que, devant tant de sauvagerie, il était au bord de la nausée, hors de lui.

Depuis un moment, Zoé s'agite. Elle finit par demander :

– Mais Charles, de quels massacres parles-tu ? Que s'est-il passé à El-Halia ?

– Vous n'êtes pas au courant ?

– Non. Je cousais des costumes.

Gignac est sidéré.

– Aucun d'entre vous n'était au courant ?

Suzanne et Solal répondent presque ensemble qu'ils l'étaient.

Zoé pointe son doigt sur l'un puis sur l'autre.

– Et tu n'as rien dit ? Tu n'as rien dit ! Pourquoi ? Pour ne pas gâcher la fête ? C'est ridicule ! Vous me prenez pour une idiote ?

Elle se retourne vers le colonel :

– Alors ?

– Alors des bandes d'Arabes, chauffées à blanc et encadrées par des gens du FLN, armées de fusils mais surtout de pelles, de pioches, de haches, ont envahi la mine d'El-Halia et ont tué au hasard le plus possible d'ouvriers français avec leurs familles. Des tueries ont eu lieu en même temps à Philippeville, à Constantine, dans des villages environnants.

Suzanne l'interrompt. Son menton tremble.

– C'est atroce. Mais vous oubliez de dire que la répression a été terrible. Comme à Sétif, en 1945 : le fleuve de sang. Pour un Français égorgé, des vingtaines d'Arabes fusillés.

Gignac serre les doigts sur les accoudoirs, mais réplique calmement.

– Auriez-vous préféré que l'armée reste dans les casernes ? Ce n'est pas par dizaines qu'on compterait nos compatriotes massacrés, c'est par centaines, par milliers. Des Français rescapés ont organisé des expéditions punitives. L'armée les a contrôlés autant qu'elle a pu. Ce n'est pas facile de calmer des gens rendus fous furieux par l'horreur. À moins de leur tirer dessus…

Solal s'est assis au bord du divan. Dans le silence qui s'est installé, il raconte, sans préambule, que son oncle, qui est médecin à l'hôpital de Philippeville, a opéré les blessés jour et nuit.

– Au téléphone, il criait qu'il allait tuer ces sauvages, qu'il n'y avait que ça à faire. Ma mère ne savait plus quoi lui dire, à la fin, elle pleurait. Le soir, mon père a rappelé mon oncle. Après, il nous a annoncé qu'on allait partir pour Israël. Ici, en Algérie, les pieds-noirs, on gêne, surtout les Juifs.

Je n'ai jamais vu Solal, mon solide camarade, aussi désemparé. Mes yeux se mouillent. Je serre les maxillaires pour ne pas pleurer. Zoé et Suzanne sont aussi émues que moi. Ce n'est pas le cas de Gignac. Il est indigné :

– Partir, c'est capituler. La France a déjà capitulé en Indochine. On ne nous refera pas le coup. L'armée ne le permettra pas. Nous resterons et nous gagnerons. S'il le faut, ce sera terreur contre terreur... Pardonnez-moi, je dois vous quitter.

Il se lève brusquement, baise la main de Suzanne, embrasse Zoé, agite le bras pour saluer Solal et moi. Ma grand-mère me fait signe de le raccompagner. Il refuse d'un geste :

– Je connais le chemin !

Zoubida est retournée à Alger ce matin par le premier car, pendant que Solal et moi dormions. Celui que Solal a décidé de prendre part à quatre heures. Nous n'avons pas déjeuné. Zoé nous beurre des tartines dans la cuisine. Nous les trempons dans le café au lait et les mangeons en silence. Solal va chercher son sac dans ma chambre. Ma grand-mère l'embrasse. Je m'éloigne avec mon camarade. Elle me rappelle.

– Yeux-Bleus n'est pas venu ce matin. Tu le croiseras sûrement au village. Dis-lui qu'il passe pour la commande.

Le vent d'est s'est établi. Il souffle fort. Sur la falaise, autour du chemin qui grimpe, les roseaux s'entrechoquent.

Avant de monter dans le car, devant le café de François et Célestine, Solal m'entoure les épaules d'un bras, me serre contre sa poitrine, me tapote le dos, comme font les Espagnols. Nous sommes pareils : nous pataugeons, impuissants, dans le merdier qu'est devenu notre pays natal.

Je fais le tour du village à la recherche de Yeux-Bleus. Tous les villageois de Surcouf sont sous le coup de la mort de Bouarab, accablés, incrédules, comme s'il était inimaginable que la guerre ait pu avoir lieu sur leur plage et tuer l'un des leurs. Personne n'a vu Yeux-Bleus et personne ne s'en soucie.

À la fin du printemps 1962, à l'indépendance de l'Algérie, quand les Européens vidèrent le pays de leur présence en quelques jours, Zoé resta. Ce n'était pas un choix, ou alors celui du dévouement. Elle avait sa cousine sur les bras, intransportable. Suzanne avait été chassée de sa maison de Belcourt par son ancien jardinier, à l'en croire un ivrogne et un paresseux avec qui elle avait entretenu des relations détestables jusqu'à ce qu'elle le mette à la porte. Proclamé héros du maquis, il avait envahi les lieux et s'y était installé, avec femme, enfants, parents et cousins, par droit du vainqueur et revanche contre la patronne. Réfugiée chez Zoé, Suzanne s'était, dès le lendemain de son arrivée, cassé le col du fémur.

– Elle n'a rien trouvé de mieux à faire que de glisser dans la salle de bains, m'avait dit Zoé au téléphone. À nos âges, ça arrive, mais tu connais Suzanne ! Elle prétend qu'elle a entendu dans la cour des commandos Delta qui la cherchaient pour la tuer en tant que libérale. Elle a sauté de la baignoire pour se mettre à l'abri ! Tu penses comme c'est vraisemblable ! À part quelques acharnés qui, par haine de De Gaulle, fricotent avec le FLN, les types de l'OAS qui restent ne pensent qu'à se sauver. Mais Suzanne croit mordicus à son roman. Elle ne veut pas admettre qu'une page est tournée. Elle ne se rend pas compte de la pagaille qui règne en ville. Avec les Arabes qui défilent sous leurs drapeaux verts et les Français qui se précipitent vers le port, plus rien ne fonctionne. Ça a été la croix et la bannière pour trouver un chirurgien et, après l'opération, une ambulance qui ramène Suzanne à l'appartement.

Pendant que le chaos régnait à Alger, Zoé veillait donc sa cousine.

Je m'inquiétais. Il y avait de quoi. Michelle, qui, après avoir débarqué à Marseille avec le flot des rapatriés, avait trouvé abri chez un collègue professeur de lettres, m'avait écrit que son père, resté à Alger pour essayer de transférer légalement la propriété de son imprimerie à son chef d'atelier, avait disparu. Elle n'avait plus de nouvelles. Elle n'en a d'ailleurs jamais eu et ignore toujours ce qu'il est advenu de son père.

Chaque fois que, depuis Paris, je réussissais à joindre Zoé au téléphone, elle me rassurait :

– Les Arabes du quartier sont très gentils, surtout le Mozabite de la rue Volta. Dès qu'il a un arrivage d'épicerie, il m'en met de côté. C'est drôle comme on s'habitue vite à cette vie au jour le jour !

En revanche, elle pestait contre Suzanne.

– Elle est insupportable. Je la lave, je fais ses pansements, je lui passe le bassin. Elle n'arrête pas de râler. Je la secoue, elle geint et après elle m'engueule. Elle devrait déjà être sur pied, mais, je ne sais pas comment elle se débrouille, elle ne cicatrise pas.

Je lui prêchais l'indulgence, sachant pourtant que c'était peine perdue. Zoé était capable – elle le prouvait – de tenir bon dans les situations qui exigeaient générosité et courage, mais elle avait toujours difficilement supporté la maladie et les malades. Bien se porter, ou du moins ne pas embêter le monde avec ses maux, était le minimum de la bienséance. Enfant, lorsque je commençais un rhume, elle m'ordonnait :

– Arrête de tousser… Je t'interdis d'être malade.

Pour la distraire de l'agacement où la mettait son rôle d'infirmière, je lui rappelai l'histoire de mon furoncle à la fesse. Un matin, comme j'avais mal et que je pleurnichais, elle m'avait déculotté, avait arraché le pansement et avait décidé de me débarrasser illico de cette chose qui grossissait de façon dégoûtante. Elle l'avait pressée impitoyablement puis avait versé dans le cratère une demi-bouteille d'éther, oubliant, dans sa hâte à me guérir, l'effet de l'éther sur les muqueuses. J'avais sauté en l'air, le cul en feu, et je m'étais mis à courir dans le couloir du cabanon en hurlant comme un possédé.

Nos coups de téléphone finissaient toujours par des rires. Faire rire Zoé bloquée à Alger au chevet de Suzanne était, depuis Paris, ce que je pouvais faire de mieux.

Un soir, elle m'annonça qu'elle avait enfin obtenu des places dans un avion militaire qui les ramènerait en France, elle sur ses deux jambes et l'éclopée sur une civière.

– Avant de partir, je passerai au cabanon récupérer les photos de ton grand-père et quelques babioles.

Je lui demandai de prendre aussi les deux volumes du théâtre de Tchekhov qu'elle m'avait offerts pour mes dix-huit ans et que j'avais laissés sur ma table de chevet.

Comment s'est-elle rendue à Surcouf ? Le service de cars fonctionnait-il ? A-t-elle pris un taxi ? Quoi qu'il en soit, elle arrive seule au village. Le café de François et Célestine est fermé. Des Arabes qu'elle ne connaît pas traînent sur la place, désœuvrés et indifférents. Elle descend la falaise. Le vent souffle. Il pleuviote. Elle ouvre la porte du cabanon avec sa clé. L'électricité ne fonctionne pas. Elle rassemble dans l'obscurité ce qu'elle est venue chercher. Son cabas au bras, elle s'attarde une dernière fois dans la véranda, face à la mer.

Un martèlement de godillots résonne sur le parquet spongieux du couloir.

– J'ai cru qu'ils allaient l'enfoncer.

Une demi-douzaine de gars armés, vêtus d'uniformes neufs, vert olive, l'entourent. Le lieutenant de l'Armée de libération nationale qui les commande lui ordonne de sortir.

– Cette maison est désormais la propriété du glorieux peuple algérien.

Zoé l'a reconnu.

– Il m'avait aussi reconnue, bien sûr. Mais il ne me regardait pas. Il récitait son catéchisme : « Aujourd'hui les droits des personnes sont à la botte de la révolution. Nous extirperons les séquelles du colonialisme. » J'avais un peu peur, pas de lui, mais des autres qui n'avaient pas l'air commode. Surtout, j'étais furieuse. Je me suis retenue à quatre pour ne pas le gifler.

Elle s'approche de Yeux-Bleus :
— Tu te fiches de moi ou quoi ?
Il consent enfin à la regarder.
— Il n'avait pas beaucoup changé, toujours maigre et roux, avec son air de loustic. Je crois qu'il était embêté de se faire engueuler par une Française devant ses subordonnés.

Il hésite puis prend rondement Zoé par le bras et l'entraîne dans la cour. Dès qu'il est hors de vue de ses hommes, il redevient, sans transition, le Yeux-Bleus d'autrefois.
— Pourquoi tu es venue ? Ça rigole pas maintenant. Tu tombais sur un autre, je te jure, c'était mauvais pour toi.

Zoé lui demande depuis quand il fait partie de l'ALN et comment il a gagné ses galons.
— Tout de suite en 1954, dès que j'ai compris, j'ai été du côté du soulèvement. Quand ils ont tué Bouarab et les autres, je suis parti direct au maquis, en Kabylie. Demande si je mens ! Je suis un combattant de la première heure ! Qu'est-ce que tu crois ? Que j'allais livrer des légumes aux Français toute ma vie ?

Il n'en dit pas plus, mais c'était suffisant. Il avait ajouté, fier de lui mais avec un sourire en coin, qu'il s'était installé dans la villa Tamzali, la plus belle de Surcouf. Il commandait le village. Il avait dû s'instituer chef tout seul, car il semblait très braqué contre les gens du FLN qui avaient passé la guerre de libération bien au chaud en Tunisie et qui voulaient prendre les places des vrais combattants.

– Il m'a demandé de tes nouvelles. Il était content de savoir que tu habites Paris. Il m'a dit qu'il comptait visiter la capitale dès qu'il serait un peu tranquille.

Zoé et Yeux-Bleus bavardent ainsi un moment. Il est marié, il a deux enfants dont il montre les photos.

– Comment pouvait-il avoir deux enfants ? Quand il avait disparu, en août 1955, il n'avait pas plus de dix-sept ans et après il s'était battu en Kabylie. Ma question l'a fait rire. Il m'a répondu qu'au maquis il prenait des permissions, surtout après l'opération Jumelles quand les katibas avaient été «ratissées» par les troupes du général Challe et que les chefs FLN se «réglaient des comptes à la mitraillette».

Les soldats finissent par sortir du cabanon. Yeux-Bleus, dès qu'il les voit, se raidit. Il ordonne, en arabe, qu'on prépare une Jeep pour raccompagner immédiatement la Française à Alger.

– Il craignait que ma présence le compromette. Mais c'était gentil tout de même. Le chauffeur m'a ramené à toute vitesse. Le drapeau FLN flottait sur la Jeep. Tout le monde s'écartait. Avec tout ça, mon loup, c'est idiot, j'ai oublié ton Tchekhov.

Les premiers mois de son exil, Zoé logea chez son amie Bibi, dans la maison, derrière le ministère des Colonies, qui m'avait paru sinistre quand j'avais retrouvé Christine à mon arrivée à Paris, cinq ans auparavant. Christine vivait désormais à Marseille avec le musicien qu'elle avait épousé et qui l'abandonnerait en 1973 ou 1974, comme je devais l'apprendre en la retrouvant par hasard chez des amis communs, amaigrie et amère, avec ses cheveux teints et son tee-shirt rose. Bibi, outre l'appartement de sa petite-fille, avait également obtenu d'Anne-Marie, l'ex-épouse de son fils, la jouissance pour le week-end d'un moulin en Normandie, reste de la fortune Steiger. Elle y cultivait des roses. C'était devenu sa passion. Un sécateur dans son sac, elle parcourait les parcs et jardins de la Ville de Paris pour couper des boutures.

Un temps, Zoé trouva plaisante la cohabitation avec sa vieille copine.

– Elle ne pense qu'à s'assurer une bonne vie, mais elle est toujours aussi rigolote.

Bibi avait mis en branle ses relations pour toucher rapidement les indemnités que le gouvernement avait promis aux rapatriés. Elle bouscula Zoé qui confia son dossier à l'avocat qui s'occupait du sien. Il était très introduit dans les milieux gaullistes, Bibi l'avait choisi pour ça. Il mena rondement les affaires auprès de ses amis. Bibi et Zoé furent traitées en allocataires prioritaires, au bénéfice de leur âge.

Ma grand-mère était à la fois ravie et honteuse.

– C'est la première fois de ma vie que j'ai de l'argent devant moi ! Je suis gênée, bien sûr, quand je compare mon sort à celui de ces pauvres pieds-noirs qui ont tout perdu, qu'on laisse se dépatouiller, qu'on traite en intrus et surtout quand je pense à ces malheureux harkis qu'on parque dans des camps comme des criminels, sans compter ceux qu'on a laissé se faire zigouiller. Mais enfin, je suis bien contente avec mon magot ! Je n'ai jamais été riche, mais au fond j'ai toujours été pistonnée... Mon loup, ne dis pas à Suzanne que Bibi et moi avons eu des sous grâce à un avocat gaulliste. Elle s'est mise à haïr de Gaulle. Pour elle, il s'est servi de l'Algérie comme marchepied pour arriver au pouvoir, sans aucun souci du sort des Algériens. Elle prétend qu'il a dit une fois à Massu ou à je ne sais quel partisan de l'intégration : « Ils vous intéressent tant que ça, ces Mohammed et ces Fernandez ? » C'est drôle, car Bibi, qui au moment du putsch était à fond pour les généraux rebelles et souhaitait qu'on fusille de Gaulle – alors que Suzanne était à fond contre –, est devenue gaulliste. Elle dit qu'en Algérie il a fait ce qu'il a pu, qu'il n'y avait pas d'autre solution, que c'est un grand homme, que les grands hommes qui font l'Histoire font aussi, forcément, des dégâts et qu'il faut juste s'arranger pour n'être pas dans les dégâts ! Bibi est monstrueusement égoïste !

Avec son argent, Zoé loua un studio au rez-de-chaussée de l'immeuble où j'habitais une chambre de bonne, à Auteuil. Elle était enthousiaste comme une jeune fille d'avoir un chez-soi.

Je préparais le concours de l'École nationale d'administration, je travaillais à mi-temps et j'étais amoureux. J'avais peu de temps pour ma grand-mère. Elle ne m'en voulait pas. Elle m'encourageait au contraire à ne pas m'attarder auprès d'elle.

– Prépare ton avenir. Sois heureux. Tu as vingt-quatre ans, je suis une vieille dame. Surtout pas de sacrifice !

Certains soirs, je frappais à sa porte. Elle me préparait une omelette. Parfois, elle m'entraînait dans un restaurant du quartier qu'elle avait repéré.

– C'est cher, mais ça a l'air convenable.

Elle choisissait la table qui lui paraissait la plus agréable, en changeait quand elle n'était pas satisfaite, entrait en conversation avec les garçons et les voisins, faisait appeler le chef pour le féliciter ou lui déclarer qu'avec le prix qu'on payait il fallait faire mieux.

Pour gagner ma vie, j'avais trouvé un poste d'assistant dans un institut de formation des cadres administratifs africains. On venait d'y créer une section pour les étudiants algériens. Le directeur m'avait proposé de m'en occuper, ajoutant aussitôt qu'il comprendrait que je refuse.

Bien que vivant à Paris depuis plusieurs années, j'étais, je restais un pied-noir. On me prêtait les opinions et les préjugés de ma communauté d'origine. Pour les gens d'extrême droite, nous étions, j'étais forcément de leur bord, pour les gens de gauche, des colonialistes qui méritions ce qui nous était arrivé. Être ainsi catalogué et jugé a priori me peinait et m'exaspérait. Invité la même semaine – le hasard fait bien les choses – une fois chez des cousins de ma petite amie, l'autre fois chez un professeur de mon institut, je m'étais fait traiter, tour à tour, de traître par un fasciste gueulard parce que je défendais les Arabes – j'avais quitté la table à la grande surprise de mes hôtes –, puis, le lendemain, de raciste par une femme hystérique dont le mari, avocat, avait défendu les poseurs de bombes de la rue Michelet. Elle m'avait indigné en les glorifiant comme les héros absolus d'une cause sacrée. Je lui avais cloué le bec en lui disant que ma sœur de quinze ans était morte déchiquetée à la terrasse de l'Otomatic, mensonge qui aurait pu être vrai et qui avait jeté un froid.

L'offre du directeur me toucha. Lui au moins estimait qu'un pied-noir pouvait s'occuper d'Algériens et, aussi modestement que ce fût, essayer de sauvegarder, pour l'avenir, ce qui unissait les Maghrébins.

Une soixantaine de gaillards débarquèrent. Théoriquement, je n'étais en charge que de leurs études. Très vite, j'eus à gérer également les difficultés de leur quotidien : pour les plus sages, logement, restaurants universitaires, soins médicaux, pour une dizaine de mauvais sujets, des affaires de prêts bancaires contractés pour s'acheter des voitures et qu'ils ne remboursaient pas, arnaques diverses qui suscitaient des plaintes, bagarres dans les boîtes de nuit, histoires, toujours embrouillées, de filles séduites et abandonnées. J'arrangeais les coups comme je pouvais, les engueulant et riant avec eux. Je gagnais l'estime de tous en obtenant du directeur le renvoi de l'un d'eux qui était un véritable escroc. Il avait embobiné plusieurs professeurs en plaidant son sort de colonisé, victime du racisme. Leur indulgence paternaliste me paraissait du pur mépris. Ma position les avait choqués. Mais mes étudiants m'avaient soutenu.

À la deuxième ou troisième réunion de l'ensemble du groupe, dans l'amphithéâtre de l'ancienne École coloniale où siégeait l'institut, je reconnus, assis au dernier rang, Kader, l'adjoint administratif du capitaine Chamoutton dont j'avais partagé la piaule en Kabylie. Je ne l'avais pas aperçu lors des premières réunions et il n'était jamais venu dans mon bureau comme le faisaient ses camarades. J'imagine qu'il ne tenait pas à ce que je le repère. Mes étudiants, bénéficiaires d'un séjour à Paris avec une bourse confortable, avaient été sélectionnés par les autorités algériennes sur des critères politiques, pour les récompenser, eux ou leurs parents, de leur engagement auprès du FLN. Ils s'affirmaient tous, en public, ardents défenseurs du parti unique, issu de la lutte de libération et fer de lance du peuple pour conduire le pays vers des lendemains prospères et glorieux. Beaucoup de leurs professeurs croyaient à cette rhétorique. Ceux qui y croyaient le moins, c'était eux. Ils s'y livraient comme à un exercice obligé, pas dupes. Parti unique signifiait, en fait, appropriation du pouvoir par une clique de généraux. Ils en plaisantaient, en privé, avec une lucidité cynique et rigolarde.

Comment Kader, auxiliaire de l'armée française en 1955, avait-il obtenu d'être assis dans l'amphithéâtre de l'École coloniale, avec les futurs cadres du parti unique ? Il avait dû donner des gages considérables : espionner les officiers français avec une efficacité redoutable ou faire oublier son passé de collaborateur par des exploits dans les maquis. Mais peut-être était-il juste un gros malin. Après la réunion, ayant vu que je l'avais reconnu, il vint me saluer d'un bref et naturel :

– Ça va ?
Auquel je répondis :
– Ça va ! Et toi, ça va ?
– Ça va, grâce à Dieu.

Nous en restâmes à cet échange. Il retourna à Alger avec ses camarades à la fin de l'année scolaire. Qu'est-il devenu ? Je n'en ai aucune idée.

Zoé passait souvent le week-end avec Bibi dans le moulin d'Anne-Marie Steiger. Un samedi soir, voyant de la lumière sous la porte de son studio alors que je la savais en Normandie, je sonnai. Sans réponse, j'allai chercher chez moi le double de la clé et j'entrai.

Suzanne était allongée sur le lit, en sortie de bain, râlant, sans connaissance. Des tubes de somnifères et un verre d'eau étaient posés sur la table de chevet. Il y avait, en face de l'immeuble, une caserne de pompiers avec lesquels Zoé bavardait en revenant de ses courses. Elle les trouvait « beaux et bien propres ». Je m'y précipitai. Une demi-douzaine de gaillards en uniforme, munis d'un impressionnant matériel de réanimation, envahirent la pièce. Un médecin les rejoignit bientôt. Il me rassura : ce n'était pas un suicide mais seulement une « tentative de suicide », c'est-à-dire un appel au secours désespéré. Même si je n'étais pas intervenu, la victime n'aurait pas succombé, sauf à s'étouffer en vomissant.

Suzanne avait vomi par terre. En une demi-heure, elle était sortie d'affaire et me serrait la main en pleurant. Les pompiers remballèrent et nous quittèrent. Je téléphonai à Zoé et lui annonçai la mauvaise nouvelle avec précaution. Dès qu'elle comprit, elle s'écria : « Ah, merde ! je saute dans le premier train. » Je revins m'asseoir au chevet de Suzanne. Elle cessa de pleurer dès que je lui dis que sa cousine arrivait.

Je savais que Suzanne vivait à Collioures, dans une maison mise à sa disposition par un de ses amis d'Alger, le peintre Jean de Maisonseul, je crois. Elle me raconta que pour gagner sa vie elle avait successivement écrit des chroniques littéraires dans une revue locale, travaillé comme vendeuse dans une librairie, puis tenu une bibliothèque de quartier. Elle s'était fâchée avec tout le monde.

– Ils ont l'esprit tellement étroit, ces Français ! Ceux sur qui je suis tombée, des bourriques de province qui ne pensent qu'à sauver le catalan et la sardane. Si on leur parle d'autre chose, on a l'impression qu'on les offense ! Je les ai envoyés paître !

N'avoir plus de gagne-pain ne l'angoissait pas plus que ça. La vérité, c'était qu'elle s'ennuyait.

– Un ennui à périr, vieille et seule dans ce trou ! Lire me fatigue les yeux. La plage est minuscule, la mer est sale. Même au soleil, j'ai froid. Alors, autant tirer l'échelle.

Lorsque Zoé arriva avec Bibi, vers minuit, Suzanne s'était endormie. Elle ronflait, sa main déformée par l'arthrite posée sur son cœur. Pendant que Zoé la contemplait, Bibi me confia que ma grand-mère était « aux cent coups » de n'avoir pas compris qu'en lui demandant la clé de son studio Suzanne ne voulait pas profiter deux jours de Paris, comme elle l'avait prétendu au téléphone, mais qu'elle désirait…

Zoé avait entendu Bibi. Elle se retourna :

— Je ne sais pas ce qu'elle désirait ! M'emmerder, je suppose. Si elle avait besoin de moi, si elle voulait me voir, elle n'avait qu'à le dire. Je lui ai proposé vingt fois de venir. Elle a toujours refusé. Et pour l'aider à boucler ses fins de mois, pareil. Elle est insupportable !

Bibi, qui connaissait Zoé et savait qu'il ne servait à rien de lui faire la leçon, s'adressa à moi pour la calmer :

— N'écoute pas ta grand-mère, mon chou. Quand elle est bouleversée, elle gueule. Plus elle est bouleversée, plus elle est mauvaise.

Les éclats de voix finirent par réveiller Suzanne. Aussitôt, elle se redressa sur les oreillers.

— Ah, vous voilà toutes les deux ! Heureusement que le petit était là, lui !

Le cou tendu, le visage en avant, elle s'était mise en posture d'affrontement. Zoé fit de même. Elles se retrouvaient dressées l'une face à l'autre, comme elles s'étaient aimées depuis l'enfance, querelleuses et brutales :

— Tu lui as fait une belle peur, au petit ! Et à moi aussi ! Et à Bibi ! Tu peux être fière de ton coup ! C'est inadmissible, Suzanne ! La prochaine fois que tu auras envie de faire une saleté, je te prie d'aller ailleurs que chez moi… En plus, nous allons très mal dormir, toutes les deux, dans ce lit !

Au début de l'été 1964 ou 65, après mon échec au concours d'entrée de l'ENA, qui me vexa mais n'ébranla en rien la confiance de Zoé («Tu n'étais pas fait pour ça. D'ailleurs, déjà que tu as tendance à l'être, tu serais devenu très ennuyeux»), je reçus le faire-part de mariage de Michelle et, dans une enveloppe séparée, une lettre. Elle m'écrivait qu'elle épousait l'héritier d'une fabrique d'aliments pour le bétail. Elle l'avait rencontré dans un club de vacances, aux sports d'hiver. «Pas du tout mon genre a priori mais chaleureux, solide et fou de moi! On m'aurait dit, à Surcouf, que je finirais épouse d'un industriel breton, je serais tombée à la renverse, de rire et d'horreur. On verra bien! Inch'Allah! La vie nous a tellement secoués : "les tragiques événements d'Algérie", comme disent les journaux de droite, puis cet arrachement brutal, ce rapatriement en France où nous n'avions pas de repères! Comme si on jetait les dés une deuxième fois! Allez, vous recommencez à zéro! On s'en est plutôt bien sortis, toi et moi, parce qu'on était jeunes. Je me demande même si ça n'a pas été une chance pour les gens comme nous. Ce qui m'attriste, c'est l'éparpillement. Tant d'amis auprès desquels nous aurions dû vieillir et qui sont on ne sait où.»

Je louai une voiture et nous partîmes pour Saint-Malo. À l'entrée de Cancale, Zoé vit le panneau. Elle me saisit le bras.

– Cancale! On s'arrête, on mange des huîtres.
– À dix heures du matin?
– Ton grand-père disait que les huîtres de Cancale sont les meilleures du monde. Quand nous nous sommes mariés, le 12 juin 1914, il m'avait promis de m'y emmener en septembre. Moi qui oublie tout,

je n'ai jamais oublié ça. Bien sûr, en septembre, avec la guerre, pas d'huîtres!

Elle entra, moi sur ses talons, dans trois brasseries avant de choisir celle qui lui plaisait, avec vue sur la mer et bonne tête du patron. Elle s'installa et commanda deux douzaines d'huîtres, les plus grosses, avec du pain noir et du beurre :

– En motte, le beurre, pas ces petits rectangles entourés dans du papier. Et un pichet de muscadet. Avec les huîtres, ça s'impose !

Elle était enchantée d'être là, à jouir du plaisir que son mari lui avait promis un demi-siècle auparavant. Pour être sûre que je jouisse autant qu'elle, c'est-à-dire autant qu'il convenait, elle détailla les agréments dont nous bénéficiions : la beauté de la lumière, les nuances des teintes sur l'océan, l'air vif («Respire bien à fond»), la nappe à petits carreaux rouges et blancs, le décor bon enfant, avec les résultats des équipes de football régionales écrits à la craie sur un tableau au-dessus du comptoir.

– C'est parfait ! Juste comme je rêvais !

Les huîtres se rétractaient sous le jus de citron :

– Elles sont vivantes ! C'est une merveille !

J'espérais que Zoé, après avoir mangé la première, murmurerait comme à Surcouf quand, pendant son bain du matin, elle avalait un peu de mer avec l'air extasié d'une communiante : «Merci, mon Dieu.» Je ne fus pas déçu :

– Elles sont inouïes ! Merci, mon Dieu !

Assise avec ses parents à la table d'à côté, une petite fille d'une douzaine d'années observait ma grand-mère avec l'attention sévère des enfants devant une personne dont les façons tranchent avec celles auxquelles ils sont habitués.

Zoé lui tendit une huître.

– Tu en veux ?

La petite fille fit non de la tête, butée sur son quant-à-soi.

– Tu n'aimes pas ça ? Tu en as déjà mangé ?

Nouveau hochement de tête négatif.

– Tu es bête, dit Zoé, c'est idiot d'être bête. Il faut essayer, au moins une fois, sinon tu ne sauras jamais si tu aimes ou pas.

Je voulus intervenir, dire à ma grand-mère de ficher la paix à notre petite voisine. Mais l'intensité du regard de cette dernière sur la vieille dame qui la bousculait m'arrêta. Zoé avait bu deux verres de muscadet. Le vin avait rosi ses joues. Elle n'était plus seulement heureuse et gaie. Elle était euphorique.

Elle se pencha vers la petite fille et, d'une voix dont elle contrôlait mal le volume, déclara :

– Écoute, ma petite, les huîtres c'est comme l'amour. La première fois, c'est dégoûtant et après on ne peut plus s'en passer.

L'enfant devint toute rouge puis éclata de rire. Ses parents avaient entendu. Ils l'emmenèrent, sans lui laisser finir son Coca-Cola. Zoé se remit à beurrer son pain. Je lui dis qu'elle exagérait, qu'elle avait choqué ces gens.

– Je sais. Qu'est-ce que tu veux, de temps en temps, ça fait du bien. Et puis, à Cancale, j'ai bien le droit de penser à ton grand-père et à notre voyage de noces.

La réception a lieu dans une malouinière de Saint-Servan, propriété des grands-parents d'Hervé, le nouvel époux. Michelle porte une vraie robe de mariée, blanche et longue, ouverte sur ses belles épaules rondes. Elle est ravissante. On en mangerait. Zoé la félicite et lui offre la nappe qu'elle a brodée. C'est une nappe pour table à thé. Depuis qu'elle n'a plus Zoubida pour l'aider, ma grand-mère a renoncé aux grandes compositions florales, telle celle qu'elle avait vendue très cher à Karen Steiger aux temps des splendeurs coloniales. Michelle admire la nappe, remercie puis demande à Zoé ce qu'est devenue sa gentille brodeuse kabyle, dont elle a oublié le nom. Zoé ne sait pas. Zoubida lui a écrit, après le 13 mai 1958, quand de Gaulle s'écriait : « Je vous ai compris » aux Français et aux Arabes qui l'acclamaient sur le forum. Elle la prévenait qu'elle ne pourrait plus travailler pour elle. Zoé lui a répondu au foyer des sœurs blanches où logeait la jeune fille, mais la lettre lui est revenue.

– Depuis, plus rien.

En février 2003, j'ai participé à un voyage organisé par le service culturel de l'ambassade de France à Alger. À Tipaza, dos à la mer, parmi les ruines et les oliviers, une dame en tailleur marron a fait un exposé sur la période romaine de l'Algérie devant le demi-cercle d'écrivains parmi lesquels je me trouvais. Tandis que nous nous dirigions vers le car qui devait nous ramener à Alger, elle s'est approchée de moi.

– J'ai appris le décès de votre grand-mère par l'annonce du *Monde*. C'est bien tard pour le dire, mais permettez-moi de vous présenter mes sincères condoléances.

Elle a vu que je ne parvenais pas à établir un rapport entre elle et ma grand-mère. Elle s'est présentée : c'était Zoubida. Nous avons marché ensemble vers la stèle élevée à la mémoire d'Albert Camus. Elle m'a appris qu'après l'indépendance « à laquelle j'ai contribué dans la mesure de mes moyens », m'a-t-elle dit avec un sourire modeste, elle avait obtenu une bourse du gouvernement italien pour faire des études d'archéologie. Elle enseignait à la faculté d'Alger et préparait une thèse sur la ville romaine de Timgad. L'essentiel de son énergie passait à tenter d'obtenir des crédits pour sauvegarder les ruines. La guérilla islamiste l'empêchait d'aller travailler sur place. Elle se réjouissait de pouvoir y retourner bientôt. Du moins l'espérait-elle.

Je m'étais détourné pour cacher les larmes qui coulaient de mes yeux et que je n'arrivais pas à arrêter. Pourquoi ces pleurs, moi qui ne pleure jamais ? Ce n'était ni de la tristesse ni de la nostalgie. C'était beaucoup plus confus : une sorte de douceur douloureuse qui débordait, comme si cette émotion était trop vaste pour moi, je veux dire, pour ma seule personne.

Devant la terrasse de la malouinière, la marée monte. Des hortensias à fleurs énormes, des choux bleus bordent le parapet en granit. Réussirons-nous à aimer cette mer, cette végétation et ces pierres autant que nous avons aimé la baie d'Alger, les asphodèles et Tipaza ?

Michelle me répond que si nous n'y arrivons pas, nos enfants y arriveront et, mieux, seront aussi à l'aise à Saint-Servan qu'à Surcouf, à New York qu'à Bénarès, en Islande qu'à Dakar. Elle a une théorie : ceux que l'histoire a déracinés donnent naissance à des enfants ouverts au monde. Je lui demande si elle est enceinte. Ça la fait rire. Non, elle ne l'est pas.

– Et toi ? Ta grand-mère m'a dit que tu allais probablement te marier. C'est vrai ?

– Oui, nous attendons déjà un bébé. Mais c'est encore un secret.

Michelle m'embrasse.

Dans la montée d'émotion que nous partageons, elle me demande si Solal viendra. Viendra où ? Je ne comprends pas. Elle m'explique qu'elle a écrit un mot au dos du faire-part qu'elle m'a adressé, pour que j'invite Solal à son mariage. Je n'ai pas remarqué ce mot. De toute façon, je n'aurais pas pu inviter Solal : je ne l'ai pas revu depuis qu'il est parti pour Israël avec sa famille en janvier ou février 1956.

– C'est incroyable de se perdre de vue comme ça ! Vous étiez tellement amis. Vous vous êtes écrit ?

– Non, enfin, deux ou trois lettres banales, au début. Israël ne lui plaisait pas. Il trouvait les Israéliens racistes, les ashkénazes envers les sépharades. Quand je suis arrivé à Paris après le bac, je lui ai écrit que la France ne me plaisait pas non plus. Il a dû s'y faire comme je m'y suis fait.

Michelle est surprise, presque indignée de cette perte de contact.

– Tu devrais essayer de le retrouver.

– Je n'ai pas envie de le retrouver et je suis sûr que pour lui c'est pareil. Nos vies sont trop différentes maintenant. À part échanger des souvenirs, comme font les pieds-noirs quand ils se retrouvent, nous n'avons plus rien à partager. Rêver, chacun à sa façon, à ce que nous avons été autrefois, c'est beaucoup mieux. Si un jour j'écris un livre sur l'Algérie, ce que probablement je ne ferai jamais, je parlerai de lui. S'il tombe dessus par hasard, s'il le lit, ça l'amusera. Ça fait beaucoup de si…

Michelle, soudain alarmée, pose la main sur mon bras.

– Dans ton livre, si tu l'écris, ne parle pas de Jacky et de moi! Jure-le!

Je lève le bras, je crache sur la pelouse bretonne et je jure, avec l'accent pied-noir:

– Sur ma tête, la mort de mes os, silence d'honneur!

À demi rassurée, Michelle m'entraîne vers le buffet et me présente à son mari. Il est conforme à ce qu'elle m'a écrit: un notable breton dont le crâne se dégarnit déjà, bien assis dans son personnage, cordial:

– Vous restez pour le bal, bien sûr?

– Je dois ramener ma grand-mère. Elle a le cœur fragile. Rien de grave mais son médecin conseille de la surveiller.

Michelle croit que j'ai inventé ce prétexte pour quitter sa réception, trop provinciale à mon goût.

– J'ai l'impression que tu es devenu snob et menteur comme un Parisien !

Elle montre Zoé qui, installée en haut du perron dans un fauteuil de toile, boit du champagne en compagnie des trois demoiselles d'honneur. Elle les fait tourner devant elle pour examiner l'arrondi de leurs robes.

– Ta grand-mère va très bien. Alors vous restez !

Zoé se réveille tôt, prépare son thé, ses biscottes sans sel et la confiture d'oranges qu'elle fait elle-même et qu'elle ne trouve jamais à point. Elle se recouche avec son plateau de petit déjeuner que nous lui avons offert pour ses quatre-vingt-cinq ans. Depuis que le médecin lui a prescrit de rester couchée le matin, elle écoute France Culture.

– J'apprends plein de choses. Quand c'est trop compliqué pour moi, je me rendors.

Après sa toilette, elle brode des serviettes de table pour mes enfants, les mêmes que celles qu'elle me mettait autour du cou à Surcouf quand j'avais leur âge : toile bleue, prénom en coton rouge.

– Qui mieux que moi ? me dit-elle quand je passe l'embrasser.

Je la trouve un matin assise dans son fauteuil, sa robe de chambre bien serrée sur la poitrine. Elle est inconsciente, la bouche ouverte. Ses cheveux blancs et drus sont hérissés sur sa nuque. Sa brosse à manche d'ivoire où sont gravées les initiales de sa grand-mère a glissé par terre.

Elle m'a recommandé quelques semaines auparavant, avec une solennité qui ne lui ressemble pas, qu'en aucun cas – « aucun cas, c'est clair » – nous ne devions la placer dans un service de réanimation.

– Je ne veux pas qu'on me maintienne comme un légume. C'est dégoûtant.

Je résiste à son cardiologue qui veut la faire hospitaliser et a déjà commandé une ambulance. Avant de mourir, deux jours plus tard, elle ouvre et ferme les yeux, prononce d'une voix pâteuse des mots incompréhensibles. Ma fille pleure et lui prend la main. Zoé tourne la tête vers elle, la regarde et lui dit très distinctement :

– Ne pleure pas, bécasse ! J'ai eu une belle vie et hop !

COMPOSITION : PAO EDITIONS DU SEUIL

Cet ouvrage a été imprimé en France par
CPI Bussière
à Saint-Amand-Montrond (Cher)
en janvier 2009.
N° d'édition : 98838. - N° d'impression : 90021.
Dépôt légal : février 2009.

Collection Points

DERNIERS TITRES PARUS

P1757. Le Fou de Printzberg, *Stéphane Héaume*
P1758. La Paresseuse, *Patrick Besson*
P1759. Bleu blanc vert, *Maïssa Bey*
P1760. L'Été du sureau, *Marie Chaix*
P1761. Chroniques du crime, *Michael Connelly*
P1762. Le croque-mort enfonce le clou, *Tim Cockey*
P1763. La Ligne de flottaison, *Jean Hatzfeld*
P1764. Le Mas des alouettes, Il était une fois en Arménie
       Antonia Arslan
P1765. L'Œuvre des mers, *Eugène Nicole*
P1766. Les Cendres de la colère. Le Cycle des Ombres II
       Mathieu Gaborit
P1767. La Dame des abeilles. Le Cycle du latium III
       Thomas B. Swann
P1768. L'Ennemi intime, *Patrick Rotman*
P1769. Nos enfants nous haïront
       Denis Jeambar & Jacqueline Remy
P1770. Ma guerre contre la guerre au terrorisme
       Terry Jones
P1771. Quand Al-Quaïda parle, *Farhad Khosrokhavar*
P1772. Les Armes secrètes de la C.I.A.
       Gordon Thomas
P1773. Asphodèle, *suivi de* Tableaux d'après Bruegel
       William Carlos Williams
P1774. Poésie espagnole 1945-1990 (anthologie)
       Claude de Frayssinet
P1775. Mensonges sur le divan, *Irvin D. Yalom*
P1776. Le Sortilège de la dague. Le Cycle de Deverry I
       Katharine Kerr
P1777. La Tour de guet *suivi des* Danseurs d'Arun.
       Les Chroniques de Tornor I, *Elisabeth Lynn*
P1778. La Fille du Nord, Les Chroniques de Tornor II
       Elisabeth Lynn
P1779. L'Amour humain, *Andreï Makine*
P1780. Viol, une histoire d'amour, *Joyce Carol Oates*
P1781. La Vengeance de David, *Hans Werner Kettenbach*
P1782. Le Club des conspirateurs, *Jonathan Kellerman*
P1783. Sanglants trophées, *C.J. Box*
P1784. Une ordure, *Irvine Welsh*
P1785. Owen Noone et Marauder, *Douglas Cowie*
P1786. L'Autre Vie de Brian, *Graham Parker*
P1787. Triksta, *Nick Cohn*

P1788.	Une histoire politique du journalisme *Géraldine Muhlmann*
P1789.	Les Faiseurs de pluie. L'histoire et l'impact futur du changement climatique *Tim Flannery*
P1790.	La Plus Belle Histoire de l'amour, *Dominique Simonnet*
P1791.	Poèmes et proses, *Gerard Manley Hopkins*
P1792.	Lieu-dit l'éternité, poèmes choisis, *Emily Dickinson*
P1793.	La Couleur bleue, *Jörg Kastner*
P1794.	Le Secret de l'imam bleu, *Bernard Besson*
P1795.	Tant que les arbres s'enracineront dans la terre et autres poèmes, *Alain Mabanckou*
P1796.	Cité de Dieu, *E.L. Doctorow*
P1797.	Le Script, *Rick Moody*
P1798.	Raga, approche du continent invisible, *J.M.G. Le Clézio*
P1799.	Katerina, *Aharon Appefeld*
P1800.	Une opérette à Ravensbrück, *Germaine Tillion*
P1801.	Une presse sans Gutenberg, Pourquoi Internet a révolutionné le journalisme *Bruno Patino et Jean-François Fogel*
P1802.	Arabesques. L'aventure de la langue en Occident *Henriette Walter et Bassam Baraké*
P1803.	L'Art de la ponctuation. Le point, la virgule et autres signes fort utiles *Olivier Houdart et Sylvie Prioul*
P1804.	À mots découverts. Chroniques au fil de l'actualité *Alain Rey*
P1805.	L'Amante du pharaon, *Naguib Mahfouz*
P1806.	Contes de la rose pourpre, *Michel Faber*
P1807.	La Lucidité, *José Saramago*
P1808.	Fleurs de Chine, *Wei-Wei*
P1809.	L'Homme ralenti, *J.M. Coetzee*
P1810.	Rêveurs et nageurs, *Denis Grozdanovitch*
P1811.	- 30°, *Donald Harstad*
P1812.	Le Second Empire. Les Monarchies divines IV *Paul Kearney*
P1813.	Été machine, *John Crowley*
P1814.	Ils sont votre épouvante, et vous êtes leur crainte *Thierry Jonquet*
P1815.	Paperboy, *Pete Dexter*
P1816.	Bad city blues, *Tim Willocks*
P1817.	Le Vautour, *Gil Scott Heron*
P1818.	La Peur des bêtes, *Enrique Serna*
P1819.	Accessible à certaine mélancolie, *Patrick Besson*
P1820.	Le Diable de Milan, *Martin Suter*
P1821.	Funny Money, *James Swain*

P1822. J'ai tué Kennedy ou les mémoires d'un garde du corps
Manuel Vázquez Montalbán
P1823. Assassinat à Prado del Rey et autres histoires sordides
Manuel Vázquez Montalbán
P1824. Laissez entrer les idiots. Témoignage d'un autiste
Kamran Nazeer
P1825. Patients si vous saviez, *Christian Lehmann*
P1826. La Société cancérigène
Geneviève Barbier et Armand Farrachi
P1827. La Mort dans le sang, *Joshua Spanogle*
P1828. Une âme de trop, *Brigitte Aubert*
P1829. Non, ce pays n'est pas pour le vieil homme
Cormack Mc Carthy
P1830. La Psy, *Jonathan Kellerman*
P1831. La Voix, *Arnaldur Indridason*
P1832. Les Nouvelles Enquêtes du juge Ti, vol. 4
Petits meurtres entre moines, *Frédéric Lenormand*
P1833. Les Nouvelles Enquêtes du juge Ti, vol. 5
Madame Ti mène l'enquête, *Frédéric Lenormand*
P1834. La Mémoire courte, *Louis-Ferdinand Despreez*
P1835. Les Morts du Karst, *Veit Heinichen*
P1836. Un doux parfum de mort, *Guillermo Arriaga*
P1837. Bienvenue en enfer, *Clarence L. Cooper*
P1838. Le Roi des fourmis, *Charles Higson*
P1839. La Dernière Arme, *Philip Le Roy*
P1840. Désaxé, *Marcus Sakey*
P1841. Opération vautour, *Stephen W. Frey*
P1842. Éloge du gaucher, *Jean-Paul Dubois*
P1843. Le Livre d'un homme seul, *Gao Xingjian*
P1844. La Glace, *Vladimir Sorokine*
P1845. Je voudrais tant revenir, *Yves Simon*
P1846. Au cœur de ce pays, *J.M. Coetzee*
P1847. La Main blessée, *Patrick Grainville*
P1848. Promenades anglaises, *Christine Jordis*
P1849. Scandale et folies.
Neuf récits du monde où nous sommes, *Gérard Mordillat*
P1850. Un mouton dans la baignoire, *Azouz Begag*
P1851. Rescapée, *Fiona Kidman*
P1852. Le Sortilège de l'ombre. Le Cycle de Deverry II
Katharine Kerr
P1853. Comment aiment les femmes. Du désir et des hommes
Maryse Vaillant
P1854. Courrier du corps. Nouvelles voies de l'anti-gymnastique
Thérèse Bertherat
P1855. Restez zen. La méthode du chat, *Henri Brunel*
P1856. Le Jardin de ciment, *Ian McEwan*

P1857.	L'Obsédé (L'Amateur), *John Fowles*
P1858.	Moustiques, *William Faulkner*
P1859.	Givre et sang, *John Cowper Powys*
P1860.	Le Bon Vieux et la Belle Enfant, *Italo Svevo*
P1861.	Le Mystère Tex Avery, *Robert Benayoun*
P1862.	La Vie aux aguets, *William Boyd*
P1863.	L'amour est une chose étrange, *Joseph Connolly*
P1864.	Mossad, les nouveaux défis, *Gordon Thomas*
P1865.	1968, Une année autour du monde, *Raymond Depardon*
P1866.	Les Maoïstes, *Christophe Bourseiller*
P1867.	Floraison sauvage, *Aharon Appelfeld*
P1868.	Et il y eut un matin, *Sayed Kashua*
P1869.	1000 mots d'esprit, *Claude Gagnière*
P1870.	Le Petit Grozda. Les merveilles oubliées du Littré *Denis Grozdanovitch*
P1871.	Romancero gitan, *Federico García Lorca*
P1872.	La Vitesse foudroyante du passé, *Raymond Carver*
P1873.	Ferrements et autres poèmes, *Aimé Césaire*
P1874.	La Force qui nous manque, *Eva Joly*
P1875.	Enfants des morts, *Elfriede Jelinek*
P1876.	À poèmes ouverts, *Anthologie Printemps des poètes*
P1877.	Le Peintre de batailles, *Arturo Pérez-Reverte*
P1878.	La Fille du Cannibale, *Rosa Montero*
P1879.	Blue Angel, *Francine Prose*
P1880.	L'Armée du salut, *Abdellah Taïa*
P1881.	Grille de parole, *Paul Celan*
P1882.	Nouveaux poèmes *suivi de* Requiem, *Rainer Maria Rilke*
P1883.	Dissimulation de preuves, *Donna Leon*
P1884.	Une erreur judiciaire, *Anne Holt*
P1885.	Honteuse, *Karin Alvtegen*
P1886.	La Mort du privé, *Michael Koryta*
P1887.	Tea-Bag, *Henning Mankell*
P1888.	Le Royaume des ombres, *Alan Furst*
P1889.	Fenêtres de Manhattan, *Antonio Muñoz Molina*
P1890.	Tu chercheras mon visage, *John Updike*
P1891.	Fonds de tiroir, *Pierre Desproges*
P1892.	Desproges est vivant, *Pierre Desproges*
P1893.	Les Vaisseaux de l'ouest. Les Monarchies divines V *Paul Kearney*
P1894.	Le Quadrille des assassins. La Trilogie Morgenstern I *Hervé Jubert*
P1895.	Un tango du diable. La Trilogie Morgenstern II *Hervé Jubert*
P1896.	La Ligue des héros. Le Cycle de **Kraven** I *Xavier Mauméjean*
P1897.	Train perdu, wagon mort, *Jean-Bernard Pouy*

P1898.	Cantique des gisants, *Laurent Martin*
P1899.	La Nuit de l'abîme, *Juris Jurjevics*
P1900.	Tango, *Elsa Osorio*
P1901.	Julien, *Gore Vidal*
P1902.	La Belle Vie, *Jay McInerney*
P1903.	La Baïne, *Eric Holder*
P1904.	Livre des chroniques III, *António Lobo Antunes*
P1905.	Ce que je sais (Mémoires 1), *Charles Pasqua*
P1906.	La Moitié de l'âme, *Carme Riera*
P1907.	Drama city, *George P. Pelecanos*
P1908.	Le Marin de Dublin, *Hugo Hamilton*
P1909.	La Mère des chagrins, *Richard McCann*
P1910.	Des louves, *Fabienne Jacob*
P1911.	La Maîtresse en maillot de bain. Quatre récits d'enfance *Yasmina Khadra, Paul Fournel, Dominique Sylvain et Marc Villard*
P1912.	Un si gentil petit garçon, *Jean-Loup Chiflet*
P1913.	Saveurs assassines. Les Enquêtes de Miss Lalli *Kalpana Swaminathan*
P1914.	La Quatrième Plaie, *Patrick Bard*
P1915.	Mon sang retombera sur vous, *Aldo Moro*
P1916.	On ne naît pas Noir, on le devient *Jean-Louis Sagot-Duvauroux*
P1917.	La Religieuse de Madrigal, *Michel del Castillo*
P1918.	Les Princes de Francalanza, *Federico de Roberto*
P1919.	Le Conte du ventriloque, *Pauline Melville*
P1920.	Nouvelles chroniques au fil de l'actualité. Encore des mots à découvrir, *Alain Rey*
P1921.	Le mot qui fait mouche. Dictionnaire amusant et instructif des phrases les plus célèbres de l'histoire *Gilles Henry*
P1922.	Les Pierres sauvages, *Fernand Pouillon*
P1923.	Ce monde est mon partage et celui du démon *Dylan Thomas*
P1924.	Bright Lights, Big City, *Jay McInerney*
P1925.	À la merci d'un courant violent, *Henry Roth*
P1926.	Un rocher sur l'Hudson, *Henry Roth*
P1927.	L'amour fait mal, *William Boyd*
P1928.	Anthologie de poésie érotique, *Jean-Paul Goujon (dir.)*
P1929.	Hommes entre eux, *Jean-Paul Dubois*
P1930.	Ouest, *François Vallejo*
P1931.	La Vie secrète de E. Robert Pendleton, *Michael Collins*
P1932.	Dara, *Patrick Besson*
P1933.	Le Livre pour enfants, *Christophe Honoré*
P1934.	La Méthode Schopenhauer, *Irvin D. Yalom*
P1935.	Echo Park, *Michael Connelly*

P1936. Les Rescapés du Styx, *Jane Urquhart*
P1937. L'Immense Obscurité de la mort, *Massimo Carlotto*
P1938. Hackman blues, *Ken Bruen*
P1939. De soie et de sang, *Qiu Xiaolong*
P1940. Les Thermes, *Manuel Vázquez Montalbán*
P1941. Femme qui tombe du ciel, *Kirk Mitchell*
P1942. Passé parfait, *Leonardo Padura*
P1943. Contes barbares, *Craig Russell*
P1944. La Mort à nu, *Simon Beckett*
P1945. La Nuit de l'infamie, *Michael Cox*
P1946. Les Dames de nage, *Bernard Giraudeau*
P1947. Les Aventures de Minette Accentiévitch
Vladan Matijeviç
P1948. Jours de juin, *Julia Glass*
P1949. Les Petits Hommes verts, *Christopher Buckley*
P1950. Dictionnaire des destins brisés du rock
Bruno de Stabenrath
P1951. L'Ère des dragons. Le Cycle de Kraven II
Xavier Mauméjean
P1952. Sabbat Samba. La Trilogie Morgenstern III
Hervé Jubert
P1953. Pour le meilleur et pour l'empire, *James Hawes*
P1954. Doctor Mukti, *Will Self*
P1955. Comme un père, *Laurence Tardieu*
P1956. Sa petite chérie, *Colombe Schneck*
P1957. Tigres et tigresses. Histoire intime des couples
présidentiels sous la Ve République, *Christine Clerc*
P1958. Le Nouvel Hollywood, *Peter Biskind*
P1959. Le Tueur en pantoufles, *Frédéric Dard*
P1960. On demande un cadavre, *Frédéric Dard*
P1961. La Grande Friture, *Frédéric Dard*
P1962. Carnets de naufrage, *Guillaume Vigneault*
P1963. Jack l'éventreur démasqué, *Sophie Herfort*
P1964. Chicago banlieue sud, *Sara Paretsky*
P1965. L'Illusion du péché, *Alexandra Marinina*
P1966. Viscéral, *Rachid Djaïdani*
P1967. La Petite Arabe, *Alicia Erian*
P1968. Pampa, *Pierre Kalfon*
P1969. Les Cathares. Brève histoire d'un mythe vivant
Henri Gougaud
P1970. Le Garçon et la Mer, *Kirsty Gunn*
P1971. L'Heure verte, *Frederic Tuten*
P1972. Le Chant des sables, *Brigitte Aubert*
P1973. La Statue du commandeur, *Patrick Besson*
P1974. Mais qui est cette personne allongée
dans le lit à côté de moi?, *Alec Steiner*

P1975.	À l'abri de rien, *Olivier Adam*	
P1976.	Le Cimetière des poupées, *Mazarine Pingeot*	
P1977.	Le Dernier Frère, *Natacha Appanah*	
P1978.	La Robe, *Robert Alexis*	
P1979.	Le Goût de la mère, *Edward St Aubyn*	
P1980.	Arlington Park, *Rachel Cusk*	
P1981.	Un acte d'amour, *James Meek*	
P1982.	Karoo boy, *Troy Blacklaws*	
P1983.	Toutes ces vies qu'on abandonne, *Virginie Ollagnier*	
P1984.	Un peu d'espoir. La trilogie Patrick Melrose *Edward St Aubyn*	
P1985.	Ces femmes qui nous gouvernent, *Christine Ockrent*	
P1986.	Shakespeare, la biographie, *Peter Ackroyd*	
P1987.	La Double Vie de Virginia Woolf *Geneviève Brisac, Agnès Desarthe*	
P1988.	Double homicide, *Faye et Jonathan Kellerman*	
P1989.	La Couleur du deuil, *Ravi Shankar Etteth*	
P1990.	Le Mur du silence, *Hakan Nesser*	
P1991.	Mason & Dixon, *Thomas Pynchon*	
P1992.	Allumer le chat, *Barbara Constantine*	
P1993.	La Stratégie des antilopes, *Jean Hatzfeld*	
P1994.	Mauricio ou les Élections sentimentales *Eduardo Mendoza*	
P1995.	La Zone d'inconfort. Une histoire personnelle *Jonathan Franzen*	
P1996.	Un goût de rouille et d'os, *Craig Davidson*	
P1997.	La Porte des larmes. Retour vers l'Abyssinie *Jean-Claude Guillebaud, Raymond Depardon*	
P1998.	Le Baiser d'Isabelle. L'aventure de la première greffe du visage *Noëlle Châtelet*	
P1999.	Poésies libres, *Guillaume Apollinaire*	
P2000.	Ma grand-mère avait les mêmes. Les dessous affriolants des petites phrases *Philippe Delerm*	
P2001.	Le Français dans tous les sens, *Henriette Walter*	
P2002.	Bonobo, gazelle & Cie, *Henriette Walter, Pierre Avenas*	
P2003.	Noir corbeau, *Joel Rose*	
P2004.	Coupable, *Davis Hosp*	
P2005.	Une canne à pêche pour mon grand-père, *Gao Xingjian*	
P2006.	Le Clocher de Kaliazine, Études et miniatures *Alexandre Soljenitsyne*	
P2007.	Rêveurs, *Knut Hamsun*	
P2008.	Pelures d'oignon, *Günter Grass*	
P2009.	De l'aube au crépuscule, *Rabindranath Tagore*	
P2010.	Les Sept Solitudes de Lorsa Lopez, *Sony Labou Tansi*	

P2011. La Première Femme, *Nedim Gürsel*
P2012. Proses éparses, *Robert Musil*
P2013. L'Aïeul, *Aris Fakinos*
P2014. Les Exagérés, *Jean-François Vilar*
P2015. Le Pic du Diable, *Deon Meyer*
P2016. Le Temps de la sorcière, *Arni Thorarinsson*
P2017. Écrivain en 10 leçons, *Philippe Ségur*
P2018. L'Assassinat de Jesse James par le lâche Robert Ford
Ron Hansen
P2019. Tu crois que c'est à moi de rappeler ?
Transports parisiens 2, *Alec Steiner*
P2020. À la recherche de Klingsor, *Jorge Volpi*
P2021. Une saison ardente, *Richard Ford*
P2022. Un sport et un passe-temps, *James Salter*
P2023. Eux, *Joyce Carol Oates*
P2024. Mère disparue, *Joyce Carol Oates*
P2025. La Mélopée de l'ail paradisiaque, *Mo Yan*
P2026. Un bonheur parfait, *James Salter*
P2027. Le Blues du tueur à gages, *Lawrence Block*
P2028. Le Chant de la mission, *John le Carré*
P2029. L'Ombre de l'oiseau-lyre, *Andres Ibañez*
P2030. Les Arnaqueurs aussi, *Laurent Chalumeau*
P2031. Hello Goodbye, *Moshé Gaash*
P2032. Le Sable et l'Écume et autres poèmes, *Khalil Gibran*
P2033. La Rose et autres poèmes, *William Butler Yeats*
P2034. La Méridienne, *Denis Guedj*
P2035. Une vie avec Karol, *Stanislao Dziwisz*
P2036. Les Expressions de nos grands-mères, *Marianne Tillier*
P2037. *Sky my husband!* The intégrale/Ciel mon mari !
L'intégrale, *Dictionary of running english/*
Dictionnaire de l'anglais courant, *Jean-Loup Chiflet*
P2038. Dynamite road, *Andrew Klavan*
P2039. Classe à part, *Joanne Harris*
P2040. La Dame de cœur, *Carmen Posadas*
P2041. En retard pour la guerre, *Valérie Zénatti*
P2042. 5 octobre, 23h33, *Donald Harstad*
P2043. La Griffe du chien, *Don Wislow*
P2044. Les Nouvelles Enquêtes du juge Ti, vol. 6
Mort d'un cuisinier chinois, *Frédéric Lenormand*
P2045. Divisadero, *Michel Ondaatje*
P2046. L'Arbre du dieu pendu, *Alejandro Jódorowsky*
P2047. Coupé en tranches, *Zep*
P2048. La Pension Eva, *Andrea Camilleri*
P2049. Le Cousin de Fragonard, *Patrick Roegiers*
P2050. Pimp, *Iceberg Slim*
P2051. Graine de violence, *Evan Hunter (alias Ed McBain)*